醉美槎城

江伟良 主编

中国文联出版社

图书在版编目（C I P）数据

醉美槎城 / 江伟良主编. -- 北京 : 中国文联出版社, 2022.12
ISBN 978-7-5190-4892-1

Ⅰ. ①醉… Ⅱ. ①江… Ⅲ. ①散文集－中国－当代 Ⅳ. ①I267

中国版本图书馆 CIP 数据核字(2022)第 220026 号

醉美槎城
ZUIMEI CHACHENG
主　　编　江伟良
责任编辑　王柏松
责任校对　潘传兵
装帧设计　赖劭华

出版发行　中国文联出版社有限公司
社　　址　北京市朝阳区农展馆南里 10 号　　邮编　100125
电　　话　010-85923025（发行部）　　010-85923091（总编室）
经　　销　全国新华书店等
印　　刷　北京地大彩印有限公司

开　　本　710 毫米×1000 毫米　1/16
印　　张　8.75
字　　数　88.2 千字
版　　次　2022 年 12 月第 1 版第 1 次印刷
定　　价　68.00 元

目 录

前　言

1988年国务院批准设立河源市，原河源县析分为源城区和郊区（后改为东源县），其中源城区面积361.5平方公里。源城又称“槎城”，因东江与新丰江在此交汇，江上竹筏纵横而得名。源城区现为河源市政府所在地，是河源市的政治、经济、文化中心。

河源于南朝齐永明元年(483年)置县，历史悠久，人文荟萃。春秋战国时属百越之地，作为客家先民南下开基之地，这里是百越文化与中原文化交融最早的地区和岭南文化的发祥地之一。境内资源丰富，环境优美，是东江中上游客家人的主要聚居地，历代客家人在这块草木蓊郁、河流纵横的土地上繁衍生息，开枝散叶。自秦以降，中原文明与百越土著文化交融发展，形成了源远流长、底蕴深厚、特色鲜明、瑰丽多姿的客家文化。客家围屋、客家文学、客家山歌、客家花灯、客家杂技，无不闪耀着客家人智慧的光芒；望郎回摩崖石刻、龟峰塔、李焘故居、古成之象宿楼、草行丘屋等文化遗存，处处体现着源城深厚的人文历史积淀。源城是纯客家地区，国际上具有广泛影响力的华人盛会之一的世界客属恳亲大会于2010年11月在此举行（第23届世界客属恳亲大会）。

建区以来，源城人民大力弘扬吃苦耐劳、艰苦奋斗、勇于开拓、不断进取的客家精神，在区委、区政府的正确领导下，筚路蓝缕、发愤图强，不遗余力地推进“首善之区·幸福源城”建设，取得了经济社会长足发展、文化事业不断繁荣的巨大成就。

文以载道，以文化人。为贯彻落实习近平总书记关于文化建设的系列重要讲话和指示精神，大力弘扬社会主义核心价值观和客家精神，系统地收集、整理源城重要文献资料和研究成果，全力抢救、保护和发掘源城优秀传统文化，全面展示源城建区以来文学艺术创作成果，促进全区文化繁荣和社会发展，源城区文联牵头组织，源城区作家协会编辑出版《槎城客家文库》系列图书，分期分步实施。

《槎城客家文库》内容涵盖源城的历史、人物、风土、景观、文艺等方方面面，集宣传、教育、史志、收藏等文化功能于一体，具有浓郁的客家地域文化特色、深厚的历史文化内涵，全面诠释了源城的古代文明、现代文化、人文精神、民风民俗、文学艺术、物质和非物质文化遗产等，做到古今融合，文史兼备，可谓源城的百科全书，是开启源城文化宝库的金钥匙、认识和研究源城客家文化的好教材，也是外界了解源城的“文化读本”、源城对外展示和交流的“文化名片”，它对于增长干部群众文化知识，丰富源城文化典藏，发展繁荣客家文化，提高源城的知名度，都具有十分重要的现实意义。

《槎城客家文库》是源城历史上前所未有的大型文化系列图书，涵盖面广、内容庞杂、时间跨度大，限于编纂水平，定有一些遗漏之憾和差错之处，欢迎广大读者批评指正。

《槎城客家文库》在组稿、编纂、出版的过程中，得到了各级领导和有关部门以及社会各界的大力支持，他们为此付出了大量的心血和汗水，在此谨致以崇高的敬意和衷心的谢忱！

《槎城客家文库》编委会

2019年12月

第一章　流连山水醉清风

风雪之夜忆鳄湖

文 / 黄瀚

今夜，寒风凛冽，大雪飘飞，河源旧友一通电话传来关切的问候。受困于家乡的我，感受到河源的温暖和师友的和善，在疫情肆虐、人心惶惶之时收获一份特殊的慰藉。在这个冬夜，我怀想起我与槎城的美妙相会，不知此时，彼处的鳄湖会是怎样一番景象？

（一）

我出生于河南，长年生活在北方，又在桂林、北京求学多年。因缘际会，我曾在河源度过数月，那段住在鳄湖边的日子终生难忘。三年前的夏天，我在源城实习，借住在一处临湖旧宅。收拾行李入住时，望见落地窗外一片平湖泛着金波，远处群山的黛影映衬出湖水的清丽，自幼乐水的我顿时心生欢喜。

初次亲近鳄湖是在那个傍晚。安顿好后，我走出家门，光感的变化让我略感眩晕。那正是夕阳无限好的时候，绯红的霞光轻纱般覆盖住半边天空，蓬勃的金光撑开这红纱，将剩余的热力倾泻在一排灰黑的临湖建筑上。单是这炫目的余晖已足以与唐诗汉赋里的晚景相媲美，更加惊艳的是，这一切倒映在鳄湖的水面上。滨江马路和临江建筑将这个整体一分为二，为天水一色的画面增添了层次感。在白色飞鸟的啼鸣中，我的目光被一层浮动的光波深深吸引。鳄湖的水本是青绿的，浮映着红彤彤的天空，色调变得浓稠起来，呈现出油画才有的质感。在半边蓝天的调和下，近岸的湖水显出灰绿色，湖底的水草轻轻飘摇，游鱼不时跳出水面，漾起层层纹浪。熏风袭人，夹杂着一丝丝咸腥，若非步行道上散步的居民来来往往，我要在这天作的美景中醉忘自己了。

我熟知桂林的榕湖，榕湖的湖堤蜿蜒曲折，观赏湖景时有移步换景的美妙。我也领略过北京昆明湖的风姿，那种烟波浩渺、一望无边的景象确有皇家风范。鳄湖似乎不如榕湖那般玲珑多变，相比于昆明湖，它又少了几分端庄大气，但鳄湖自有其妙。它没有倾国倾城的华美，也没有讨人欢心的艳丽，却有那种一任天然的清新淡雅，以朴素大方的姿态拉近人与城之间的距离。

鳄湖所在区域正是槎城的商业区、居住区，它的存在与槎城百姓的生活息息相关。那段时间，我每天上下班必经鳄湖，边走边呼吸新鲜的空气，观赏水中的游鱼，游目骋怀之时感到神清气爽，怡然自得。鳄湖是亲善的，是近人的，它为无数槎城百姓安居乐业提供了心灵的栖息地。俯瞰整个城区，鳄湖宛如一块碧玉镶嵌在槎城的心房，给这座城市带来一股灵妙之气。

（二）

鳄湖是与槎城百姓的生活融为一体的，但若因鳄湖的寻常可见而忽略它丰厚的历史，则会辜负它在风雨沧桑中默默奉献的美意。

鳄湖，又称制府湖，“制府”之名自有一番来历。据同治年间《河源县志》记载，明万历甲午年（1594年），分守道郑邦福、知府林国相、邑大夫李焘，请制府陈公在上城东门外开凿鳄湖。当时，李焘的同科进士陈蕖任两广总督，李焘与他的儿子举人李树桢联名上请拨款。陈蕖为民生计，又念及李焘父子之情谊，决定操办此事。陈蕖拨军饷二百金,其他资金则由民众捐款以补不足,工程随即展开。

开凿鳄湖先是在下埠筑基，加一高堤，储水为湖。据杨起元《制府湖记》所载,湖堤的根基厚十有五丈,高三丈,长二十余丈,名称“万年基”。其他地方有深水、鹅公沥、牛角塘、木棉塘及城南之南涧等处，凡可以引水的地方，皆筑渠引水，引入鳄湖或织女池中。湖中清淤泥、筑湖堤，扩宽湖面，环湖绕城。修治后，鳄湖“自东南至东北长里许，阔狭不计，深丈许，中有长堤。迎秀桥通上下城、东门路。其水道与北门化龙桥及各城濠相通”。（《（同治）河源县志》卷之二）鳄湖南侧有鸣凤桥，桥两旁中有翠绿葱郁的树木；北端有飞鸾桥，桥头有千年古榕。整个工程完成后，迎秀桥南侧可遥望龟峰塔，东侧可望鼓楼，西可望雉堞，北可望市廛。湖中分布着沙屿土墩，湖四围山光树色，九曲路径，两城通行。从此湖水碧蓝，城添秀丽，邑增形胜，城赖以固守，民汲以饮食。为了感谢陈蕖的拨款，民众以其职名称鳄湖为“制府湖”。

鳄湖的修筑对于槎城有着不容忽视的意义。一般而言，湖泊或可用于饮水、灌溉，或可提供交通之便，或可增益美景以娱心目，但杨起元《制府湖记》对鳄湖的评价却是：“河源之休戚系其城，而城之兴废系此湖。”杨起元所谓“其城”乃指上城。上城地处桂山脚下，地势低洼，稍遇大水，城即被淹，危及民众，故上城建好后，遇洪水则成为“避水楼”。而鳄湖的建设，既利护城，又利避水。待乾隆年间下城修复后，每逢水灾，下城低洼处居住的民众，大多通过官府雇用舟楫，经鳄湖到上城避水。可见，鳄湖的修治，对民众避水求生，维系槎城的长治久安起到重要作用。

我多次行经鳄湖，直到离开河源才试着去了解鳄湖的历史和功用。在这个冬夜，我深悔自己总是对身边默默奉献的人习以为常。一场疫情席卷全国之时，我们才意识到往昔太平生活的可贵，意识到身边每一个普通人之于社会正常运转的意义。

（三）

雪越下越紧，窗外已是白茫茫一片，此时的我无心赏雪。我没有“看银装素裹，分外妖娆”的豪迈自适，也没有“不知庭霰今朝落，疑是林花昨夜开”的欣喜平和，倒是有几分“独钓寒江雪”的孤寂，可惜连这份孤寂都没有达到寂灭之境。局促一室的不安与焦虑时时窜起苗头，提醒我寒冷之外的可怖。此时，我多想沉浸在鳄湖的历史时空中，与过往的文人骚客交流，从他们的诗文里吸取一些暖意，或许，也可以像白居易问刘十九那般道一声：“晚来天欲雪，能饮一杯无？”

守护槎城的鳄湖，曾吸引无数文人墨客在此咏叹歌唱，留下后世传颂的华章绝句。清康熙年间府学岁贡邝成祺，曾作诗一首：

鳄湖缥缈漾城东，众壑归趋地脉洪。

峻塔柱擎银汉表，长桥虹现碧波中。

腾蛟水击三春浪，化鸟鱼抟六月风。

翘睹气蒸云起地，仙槎流泛斗牛通。

行至鳄湖，诗人看到远处的龟峰塔矗立山顶，似与云霄相接，眼前的鸣凤桥贯通堤岸，宛若彩虹映现在湖面。碧波荡漾，触发诗人的浪漫想象。诗人仿佛看到湖中蛟龙升腾，激起千层水浪，又仿佛自身化为飞鸟，在温煦的夏风中自由翱翔。抬头眺望湖面蒸腾的水汽，诗人恍若顺势而浮，乘一叶扁舟，漂流到浩渺的天河。邝成祺观览鳄湖时，是何等悠游惬意！

主持“双城并治”的陈张翼，是槎城历史上重要的规划者，也是传唱鳄湖美景的优秀诗人。他曾作诗曰：

制使湖边九曲蹊，万年基内树阴翳。

凤凰联翼春长在，车马穿林路弗迷。

楼雉横空添彩色，桥虹拥翠引东西。

佳哉郁郁葱葱象，乔木非同枳棘栖。

鳄湖的美景为一座城池增添光彩，这让“双城一气”的设计者陈张翼颇为得意，他借鳄湖郁郁葱葱的气象，抒发自己高洁不俗的志向。清乾隆九年（1744 年），河源“双城并治”后，新增的“鳄湖青曲”成为槎城一大胜景，这要归功于陈张翼的治略。观览鳄湖时，陈张翼志得意满之情溢于言外，造福一方的他配得上这般风光无限。

身为例贡的河源上郭上萧屋人萧文藻，面临鳄湖佳景，也作诗云：

鳄湖荡漾浸芳蹊，佳木纡回共荫翳。
过客闻莺情正永，征人策马影旋迷。
风飘芬馥春长富，水映晶莹月在西。
咫尺城边堪入胜，市廛何用觅幽栖。

春夏之交，鳄湖风光旖旎，草木荫翳，鸟鸣清脆，空气中萦绕着一股芬芳之气。月夜降临时，玉盘西挂，清辉洒满湖面，时有游鱼嬉戏，泛起阵阵涟漪。鳄湖为槎城生活增添了一份安宁，那幽深婉丽的美景，让槎城百姓不用出城多远即可赏心悦目。萧文藻笔下的鳄湖，流动的是昔日槎城百姓皆可享受的太平日子，那种安居自在何时能够重现？

“没有一个冬天不可逾越，没有一个春天不会到来。”是的，在这个风雪之夜，还有无数医护者无私无畏坚守岗位，还有无数志愿者任劳任怨辛勤奉献，还有一个个平凡的你我守在家中祈愿国泰民安，这点点滴滴都汇聚成抗击疫情、激浊扬清的磅礴之力。鳄湖之水平静如初，待到疫情消散后、春暖花开时，可否相约共游鳄湖？

主题特色：湖光旖旎 风送荷香

导航定位：源城区湖滨路

风雪之夜忆鳄湖

山水文明万绿湖

文 / 王雁峰

一条新丰江，在山间深处百转千回，时而是清亮的一线，时而不见了踪影，若隐若现中竟泊成了华南地区最大的人工湖，誉称万绿湖。

在读过大量吟颂万绿湖的诗文之后，才知道它是修筑电站大坝蓄水而成，是现代文明征服大自然留下的壮丽遗存。据史料记载，当时河源有12个大乡、389个村和11个墟镇共2.56万户近十万人移居他乡，15000多人虽未移民却因土地淹没从山脚搬到山腰居住；清库时共淹没山林280平方公里、稻田18万亩，移民总数达10.64万人，一个被誉为“鱼米之乡”的地方变成万顷泽国。

望着眼前这片水域壮美、水色秀美、水质纯美、水性恬美的湖水，我的思绪飘飞到大坝建成截流后的那一年……

江水倒流回来，一尺一尺地往上涨，村庄就一尺一尺地沉落下去。在这之前，乡亲们迁移了很久。人，总是这样，当新的在建设时固然值得兴奋，但将要把古老的抛弃，而且是如此彻底地抛弃，却不免有些心酸。他们将所有房屋拆除，一栋一栋地搬走了；又将祠堂门前的青石板挖出来，用绳子绑紧一并抬走了。但他们还是觉得有许多东西没弄走，要永远遗失在这里了，心里便不好受，在村前屋后莫名其妙地走来走去。最后，他们听到了上涨的哗哗水声。于是一如祖先们从中原蹒跚而来，拖着长长的队伍，走上了迁徙之路，随后转过身，默视着村庄、田畴、河流……

昔日的峡谷变成了港汊，一座座山峰沦落成了孤岛。360多个岛屿遍布370平方公里的湖水中，库水容量139亿立方米。划船进湖，一桨桨击水，一声声咿呀，周围依然是湖，山跟着渐见清晰。青翠一色里，树木竹篁，森森成林；也有各色花草满山坡生长，春天夏天，开得灿烂如锦。湖边山中还有着人家，鸡鸣狗吠中，看得清林子上空的袅袅炊烟，看得见树林中隐约露出的青色瓦脊。树茂密，又依傍着湖，山中善飞善鸣身体美丽的鸟类极多，或成群贴水飞行，或唧啾鼓噪林中。桨水的声音惊动了一对小鸟，噗噗地弹了起来，落在一根藤上，藤一端伸进湖水里，像把大弓，砰地绷了起来，鸟儿被远远地射了出去，化作两颗流星两道弧光，消失在岚雾深处。

“水是眼波横，山是眉峰聚。欲问行人去那边，眉眼盈盈处。”宋人王观这阕山水词，用来描摹万绿湖恰到好处。船在烟波浩渺中缓缓往水月湾驶去，时值初秋，湖四周山色极浓，一味地葱茏，但远处高耸的山头已依稀点缀些许鹅黄，在阳光下格外耀人眼目。湖上没有鱼鹰尖利地鸣叫着箭一样飞过，没有白鹭在半空里盘旋。清凉的风从湖那边的山坳里轻轻吹来，无声地打在脸上。一直以为，万绿湖在中国的湖泊家族中，缺少文化积存。其实不然，万绿湖坦坦荡荡，无遮无掩，四面是不尽的苍碧和密林，水中何须亭台胭脂、楼榭荷叶点缀？一切是那么随意、散淡，然而一切又是那么深刻。半个多世纪前这水下曾是肥沃的农田、恬静的村庄，从扶犁吆喝的播种到进村出村的一把橹，生产与生活方式的改变，究竟给沿岸的居民心理带来了什么？抑或说从山垄到泽国，自然形态的更新，会创造何种文明？大概没有人能准确地回答。

古语云，仁者乐山，智者乐水。大约是山的厚重类乎仁，水的灵动近于智，山水感人，各有所得，是与人之禀赋相互契合的。偶然的机会，与一位老人做一番长谈。他指着家门前的湖水说，没建大坝前，珠三角地区都还组织人马来这里参观学习取经呢。他仿佛还久久沉浸在往昔的回忆中。不过，国家需要，我们这地方老百姓吃点苦没什么，舍小家为大家嘛。语气略显无奈而又极为真挚。是啊，当有的地方以牺牲环境为代价创造一个个经济奇迹时，库区人善意地拒绝了许多工业项目，一如既往地默默呵护着一个未被污染的绿色世界，这绿色世界为东江下游及香港在内的数千万人送去源源不断的生命之水。

在秀拔群峰的怀抱里，万绿湖是山中海洋。明媚的阳光下，湖水碧绿清澈，倒映着天上的白云和湖岸的重叠山岭，和风吹过来，一晃一晃的生动。湖面的波浪是微微的，顺看如线，侧看如网，颤颤泛起一片涟漪。众多显宦名流、骚人迁客游览后无不生发出“天上瑶池水，人间万绿湖”的赞叹，那种向往的情结是如何牢固地将人的情感、智慧和理想，纳入一派静美、灵悟的山水中去，从而让自己一次次地感动。

主题特色：绿笠环玉 玳瑁卧波
导航定位：新港旅游区万绿湖码头

山水文明万绿湖

百花仙子镜花岭

文 / 王雁峰

正是午后时分，独入万绿湖畔的镜花岭。徜徉于沿湖幽径，看湖上三五游船犁出一簇簇的雪白浪花，忽然就想起明人张陶庵的《湖心亭看雪》，最令人称道："余住西湖。大雪三日，湖中人鸟声俱绝。是日更定矣，余拿一小舟，拥毳衣炉火，独往湖心亭看雪。雾凇沆砀，天与云、与山、与水，上下一白。湖上影子，惟长堤一痕，湖心亭一点，与余舟一芥，舟中人两三粒而已。"这种旷达、寂寥的美，谁看了会不怦然心动、尘虑皆消呢？李商隐写出了"永忆江湖归白发，欲回天地入扁舟"这样的名句，除了心情落魄之外，是否也看过这样的景色，受了它的启示呢？

城市生活越是紧张、纷繁，人们就越是喜爱大自然的恬静、单纯。花有花期，潮有潮汐，风霜雨雪，莫不表现出自然的生命力。在体味自然上，禽畜并不比人差，甚至还要敏锐。商羊舞而知雨，石燕飞而知风；鸡非晨而不鸣，蜂非花而不采。

我常常萦想一个问题，为什么中国的山水画兴盛于宋代，而清新的小品文字，又能在明朝兴起呢？一位学者告诉我，其实这问题很简单。中国历史发展到宋代，城市生活已相当发达。到了明朝，随着手工作坊的出现，商业经济日趋繁荣，城市更具规模，城市在人与自然的对抗中产生，人在这种矛盾中生活，越发增加了对自然的依恋。《林泉高致》云：“然则林泉之志，烟霞之侣，梦寐在焉，耳目断绝，今得妙手郁然出之，不下堂筵，坐穷泉壑，猿声鸟鸣依约在耳，山光水色滉漾夺目，此岂不快人意，实获我心哉，此世之所以贵夫画山水之本意也。”对于城市人来说，云山烟树、野店村居成了他们心理上必要的补充和替换，一种情感上的回忆和追求。

这时候，一片雾霭从山顶漫下来，一下子罩在林子上，所有的鸟声戛然而止。只有远处漾过来的波纹轻吻着岩岸，不紧不慢，那声音，构成了寂静的一部分。万绿湖的名字取得颇好，不知想出这三字是哪一位。听风弹水音，望漪澜澄明；山阶在草木蓊郁中弯折，似可达无限远；人行山荫道上，醉饮红翠，眼目不能歇，正如李贺咏春之句：“芳蹊密影成花洞，柳结浓烟花带重。”出生在北京的李汝珍创作《镜花缘》时，写下了“那百花仙子降生在岭南唐秀才之家，乃河源地方”，他的想象力，着实令人叹服！竹亭旁有一块石碑，上镌一百花神所主管的花名和降生人世后名姓，其中有“司百花仙子第十一名才女梦中梦唐闺臣”。想那传说中百花仙子降落凡尘，千里寻父来到这镜花岭上，在亭中识得仙机，夺取功名并作《天女散花赋》……

岸边斜伸几根花枝，粉白的花影落入湖光，彩墨般地晕了一片；亭子静浮于水，形若画舫，影子摇着百花仙子的古典之梦。其实，百花仙子的故乡不过是李汝珍笔下的一个“乌托邦”，是作家创造出来的理想国，实际并无其地。但几百年来，人们因文设景，从未间断过对它的寻觅、营造与追求。我曾多次对朋友说过，真正的“百花仙子故乡”只在李汝珍的心中。不用说这类经文人专门描写过的风光、人物，即使只在某篇名作中被随意点上一笔，便也名传千古了。

曹丕曾说：“年寿有时而尽，荣乐止乎其身，二者必至之常期，未若文章之无穷。是以古之作者，寄身于翰墨，见意于篇籍，不假良史之词，不托飞驰之势，而声名自传于后。”确是不刊之论。当然，话又说回来，也并非任何人、任何文都能如此。伟大与永生，总是同社会发展、人类命运这些崇高的事业联结在一起。时间无情，读者无情，留存下来的只能是精品。

主题特色：镜泊藏蓬莱 绿蹊隐仙踪
导航定位：新港镇镜花缘风景区

百花仙子镜花岭

尘外潇游“碧玉潭”

文/黄吉文

据说，在七礤水库上游数公里处的深山密林之中，有一挂颇有气势的瀑布。一个晴朗的日子，在一位熟人的带领下，我与朋友虔诚地去探访这处“待字深闺”的胜景。

这里根本没有路，唯一的“通道”就是保持原生态的河流，河床中只有大大小小的石头可以作为落脚点。石头大小不一，形状各异，有的粗糙，有的光滑，旁边有人头高的野草，有纵横交错的树枝，稍不注意，就有可能被挂掉眼镜，或摔得脸红鼻肿，或撞得额头起包，因此我们不但要留神脚下，还得提防头顶。一路上，我们小心谨慎，如履薄冰，有时手脚并用，有时凌空跳跃，走得很惊险，走得很狼狈，但心里丝毫没有不该来的后悔之意，反而充满探幽访胜的兴奋之情。

这样跌跌撞撞地走了一段时间，便听到了很响的水声。拐个弯，一帘雪白的瀑布就挂在眼前。瀑布落差不很大，也不垂直，但显得十分有气势，熊咆龙吟，汹涌而惊雷，万壑为之震动。在瀑布的下面，是一个基本呈圆形的大水潭。潭水碧绿如玉，绿得诱人，在阳光的照射下，涌动着一层迷人的光，令人神情恍惚，真想融入这一池绿中，成为这碧玉的一部分，永远厮守着这帘瀑布。不知道这个水潭有没有名字，我在心里叫它“碧玉潭”。潭水清澈见底，其中石头历历可数，使人分明感到水潭胸无城府、襟怀坦荡。那纯洁的水虽非来自高山晶莹之雪，却是涌自茂林山麓之泉，它没有一丝一毫的污浊，如一块质纯无瑕的美玉。在人口拥挤、工厂林立的山外，哪里能觅得这样清纯的水？捧一捧入口，清凉透心，荡气回肠，全身三万六千个毛孔个个舒展。那些身穿华衣的“矿泉水”之类，岂能望其项背？在这阳光灿烂、汗水津津的上午，我真想脱光衣服下“碧玉潭”里美美地洗过澡，洗去我一身的热汗，洗去我从山外带来的灰尘，但我怕玷污了这纯洁的水，只好坐在石头上幻想着在这里沐浴的惬意。

“碧玉潭”的周围，是茂密的树林。这里本已地处深山，远离人烟，要不是在下游不远处要建一座拦河大坝，那么几乎无人会涉足此地。而树林这一天然的屏障，更使“碧玉潭”与世隔绝。无数的植物千百年来在静默地演绎着生命的故事，喧豗的水声永远重复着单调的旋律。水声是这里的主旋律，但仔细听，也会有鸟语虫鸣入耳，这些朴素的声音，更衬托出这里的僻静。这里没有半点斧凿的痕迹，没有一丝人的印记，更没有半缕世俗的烟尘，真疑是神仙洞天。置身其中，让人“不知有汉，无论魏晋”，尘世里的喧嚣纠葛、烦恼不快统统抛到了九霄云外，只想化作一块石头，长久地留在这里，永远拥有这一份宁静，这一份超脱。但我毕竟生活在现实之中，为命运所驱使，有很多事情要做，不能在此久久地流连，于是不得不带着一丝遗憾告别“碧玉潭”。此时，我深深理解了王维为什么会发出“出洞无论隔山水，辞家终拟长游衍”的感慨。

人们往往习惯于到交通便利的景点去游玩，到游人如织的地方去观光，而喜欢探索、追求心灵宁静的我，则情愿承受路途险远去找寻那天造地设的心仪之处，去探访那鲜为人知的大自然神奇之景。宋人王安石在一篇游记里写道：“世之奇伟、瑰怪、非常之观，常在于险远，而人之所罕至焉，故非有志者不能至也。”这的确很有道理。若在那些往来方便、出售门票的地方，哪能觅得“碧玉潭”这样的佳处？能遇到“碧玉潭”，这是我的幸运。那一汪如玉的潭水，那僻静的尘外之境，将长留我的心间。

主题特色：尘外之境　一汪如玉
导航定位：源城区湖滨路

尘外潇游“碧玉潭”

神奇造化黄龙岩

文 / 王雁峰

黄龙岩是新开发的一处景点，而关于它的传说却流传了很久。相传从前黄龙岩周围是闻名遐迩的鱼米之乡，可有一年土地神不慎得罪了南海龙王，数月不给雨水，河井干枯，田地龟裂，百姓苦不堪言。龙王的三儿子是一条心地善良的小黄龙，对父亲的做法甚为不满，悄悄溜出龙宫，腾云驾雾来到漳溪上空呼风唤雨，久旱逢甘霖，黎民无不欢欣。龙王闻讯后大怒，下令不准小黄龙返回南海。土地神盛情挽留小黄龙，选址建造了一个别致的龙洞，让小黄龙安心居住。从此，小黄龙在龙洞中不时喷雾吐水，供百姓饮用和灌溉。人们为纪念小黄龙的功德，便将其居住的洞称作“黄龙岩”。

口头出版代代印行的传说确实有着别样的诱惑，所以当我一口气爬上位于高嶂山下的黄龙岩时，顾不得仔细欣赏畲族姑娘们精彩的歌舞表演，便迫不及待地钻进洞里。迎面一阵阵凉风不断吹来，顿时驱散了爬山时的翳热和疲劳。据导游说，这洞里的风冬暖夏凉，随季节变化而变化，终年不歇。

黄龙岩溶洞深60米，洞内面积3900平方米，以幽、深、奇、险而素有“地下龙宫”之称。灯光迷离处，石笋、石乳、莲花宝座、钟鼓、宝塔应有尽有，令人目不暇接。每穿过一段夹径，接着又是一个大厅，各个大厅的景致各不相同，石头千奇百怪，似老人，似飞禽走兽，惟妙惟肖，有的玲珑剔透，有的黝黑厚重，有的温顺，有的张牙舞爪，斑斓多姿。特别是有一个厅，蓄着齐脚踝的水，远远看去，像一丘丘梯田慢慢流下来，那天长日久经水滴沉积而成的“田埂”极像万里长城；搅动水，水流四溢，状极一朵朵白莲花……石壁斑驳陆离，酷似一幅幅韵味悠长、寓意奇诡的抽象派画作，时而白云回旋，时而兴波逐浪，显示着大自然神秘的力量和恒定不移的意志。间或有水珠滴落颈脖，经从石罅间渗透出来的风一吹，浸肌刺骨地凉。有人手作喇叭大声吆喝，轰然回荡，余音袅袅……

出得洞来，放目驰骋，仍朗朗乾坤，田畴铺绿，农舍簇茵。山间淡淡的岚雾有如村姑，忸怩羞怯，一摇三摆；狮形水库静卧山脚，波光粼粼。这时，心情渐渐平静，没有了洞内赏景时的激动，只有默然地感悟着大自然的造化。

黄龙岩景区玻璃栈道

主题特色：嶂吞群峦 腹蕴锦绣
导航定位：东源县漳溪畲族乡高嶂山脉

神奇造化黄龙岩

仙湖山上茶飘香

文 / 王雁峰

一场清明雨刚刚停歇，晨光微熹，布谷声声里透着轻寒，漫坡的茶树畅快地吐出了新绿，细嫩的叶芽儿像雏鸟的舌尖伸出来；男女老少笑逐颜开走进茶树丛中，身上挂着小筐篮，两手极轻巧地来往于枝头，似招手，似舞蹈，嘴里还哼着采茶调……

仙湖山坐落在东源、龙川、和平三县交界处的上莞。莞是一种水葱植物，当年用来编织优质席垫，购买者慕名纷至沓来。也许是大自然的厚爱和馈赠，一个生长上好莞草的地方，因地理环境条件独特而又盛产茶叶，山山有茶，茶以山名，山以茶显。据史料记载，上莞种茶有1000多年的历史，尤以仙湖茶驰名，具有汤色明亮、香气清和、味道甘醇、提神益智等特点，饮誉东江流域乃至岭南地区。

通往仙湖山顶公路两侧及乡间小路旁，都是高低错落的茶园，嫩芽爬满枝头，或清或浓，清可绝尘，浓可溢远，令人陶醉。崖畔簇拥的杜鹃花，或粉红或紫红，在风中摆头摇曳；彩蝶绕花起舞，时儿双飞双栖，时儿双双久徘徊，时儿嬉戏纷飞，时儿短暂停留，又飞向远方。

到达仙湖山顶，顺着一条土埂进入茶园，绿油油的茶叶扑入眼帘，微风吹来，清香暗涌。驻足凝望，只见山下山上的翠绿中隐约泛着些白点，那些小小的白点便是采茶人，身上挂着个竹篓，脚上沾着的黄泥斑斑点点；一朵、两朵、三朵，灵巧的手在茶树上舞蹈一般，轻盈地掐下一朵朵嫩芽，采满一握，便熟稔地放入身后背的竹篓里。

“摘芽的方法不对，不能用指甲掐断，否则茶叶的根部就会变黑。”见我尝试采茶，身旁的姑娘一边示范一边笑道，“你得用手指握住芽儿横向用力把它折断。”采茶动作看似简单，其实讲究挺多，要求采茶人眼快手准，选那些叶子小、芽苞长、品质好的芽来摘。根据茶叶形状，采茶分为双芽和单芽，两种茶形的采摘方法也不同。眼下正值春茶采摘，一群姐妹迎着薄薄的晨雾，戴着草帽，拎着茶篮，到云雾缭绕的茶园采茶，她们要赶在夏季到来之前将春茶采摘完。

刚才还山清气朗、曙色初露，转眼就是雾气霭霭、满目迷离。陪同的人告诉我，这种时晴时雨时雾的天气，在仙湖山一天中可能有三变甚至五六变。茶树生长在这崇山峻岭、山腰峡谷之中，四季云雾缭绕，空气湿度大，日照短，漫射光多，土层深厚，有机质含量高，所以大多茎干较矮，茸毛发达，叶绿素多，内含的茶素和含氮芳香物质丰富。“植产之地，崖必阳，圃必阴。盖石之性寒，其叶抑以瘠，其味疏以薄，必资阳和以发之；土之性敷，其叶疏以暴，其味强以肆，必资阴荫以节之。阴阳相济，则茶之滋长得其宜。”

在制茶作坊，一位老人谈起制茶如数家珍。他打开了电炒锅的电源开关，过了一会儿又用手探了探锅体的热度，“制茶中的不同环节要求不同温度，杀青的时候要达到两百摄氏度的温度”。不管是烧柴的土灶炒茶，还是用电的电锅炒茶，高温都是对炒茶人的巨大考验，不到半小时，衣服就被汗水浸得湿透了，他布满老茧的一双手掌上还闪着鲜茶叶的色泽呢。

松林幽篁，茶园绕宅，草木葳蕤。作坊简朴雅致，有如乡居；院子里摆着茶具，我自己烧水泡茶，一个人坐在老式茶桌前，听壶中松声渐起，青山竹影入心。

“住此园林久，其如未是家，叶书传野意，檐溜煮仙茶。”

“茶实嘉木英，其香乃天育”。我明白了为什么仙湖山没有整齐划一的茶带，全都是因地就势的天然茶园。上有草，下有木，人在草木间，古老又年轻的“茶”字已被仙湖人领悟——其实，茶真正的味道蕴藏在拥有最美大味的山水草木之中，人与草木相依，同大自然和谐共生，才能孕育出最浓郁隽永的茶香！

这仙湖山的茶香哦。

主题特色：茶实嘉木英　其香乃天育

导航定位：东源县上莞镇仙湖山

仙湖山上茶飘香

槎舨形胜龙津渡

文 / 王雁峰

如果不是史志中言之凿凿的记载，眼前的一切怎么也不会与河源八景诗所状写的“龙津晚渡”联系在一起。龙津渡已杳不可见，修葺一新的亲水平台、健身广场，不仅是市民游客休闲娱乐的场所，而且与亚洲高喷、茶山公园连为一体，成了新丰江整体滨河景观的一部分。

落日衔山，晚风送爽，伫立渡口遗址之上，历史的碎片在脑海中慢慢拼凑。我弯腰捡起一块小石子，奋力抛向江中，期待“咚”的一声之后，一圈一圈涟漪像笑纹漾开、推远，重现“龙津之渡晚嘈嘈，两岸归人不绝号”的昔日风华。

（一）

那年作别故乡湘西南的小山村，我渴望着新天地的召唤，寻找一个归宿、一种境界，轻装急行，义无反顾。当一路颠簸风尘仆仆到达这座客家小城时，心中怅然若失。然而却鬼使神差般地坚守着，挥霍了一生中最美好的年华。按宿命的哲学来说，这是缘定。

初来乍到的日子，不管有意或不经意置身龙津渡遗址，我总是惊讶和愉悦于小城文化氤氲之气。一次次出入龙津海鲜舫品尝佳肴珍馐，油然默读起清人廖鸣球的诗《龙津晚渡》，心里忽然就有了一种轻愁和伤感。

> 龙津渡口夕阳斜，一带江流两岸沙。
> 草色千峰摇绿水，榕阴十里落昏鸦。
> 卖鱼船过几声桨，沽酒人归何处家。
> 我醉欲乘今夜月，短篷三尺宿蒹葭。

20多年来，不同的场合我问过不同的人。龙津晚渡？他们不是一脸茫然，就是含糊其辞。正如许多家居风景名胜之地的人一样，久了，就对美产生了一种漠视和麻木，觉得身边的山川胜迹不过平常物事，一切都是老样子，一切都不足为奇。

槎舨形胜的小城，静浮在东江和新丰江相挽的臂弯里，“以上城为堂奥，下城为门户，连气接脉，交相为功，立面于为水汇，化去隔碍，出东而达艮，呼吸贯通，坐桂山，吞两江”。南齐永明元年（483年）垒土建城之时，两江四岸及附近民众的交通工具，大概主要靠渡船了。

从云髻山发源的新丰江，由溪而河，至亚婆山峡谷，水流渐渐丰沛，气势越来越恢宏，河滩虽多，却不急湍，积潭栉比，绿水幽幽。江面宽阔处，淡白色的鹅卵石任意铺排，大的叠压着小的，一堆小的撑起大的，挨挨挤挤磕磕碰碰之态，生动不已；逼仄之处，结满青苔的山石堆垒岸边，褐灰的沙土填堵着石块间的缝隙，仿佛能工巧匠的手艺，砌就了坚固的河岸。一脉清流，随弯就势，任意恣肆，敷陈出的盎然绿意，给人间烟火世俗红尘添了些许温暖平和。

招招声出一舟前，潋滟光摇碧草间。

寄语艄公轻放棹，恐惊津内有龙眠。

——明·陈文希

遥想当年的龙津渡口，水流平缓，船静静地泊在榕树下码头，或已划到水中央正去彼岸。当船还未过来时，渡客三三两两坐在滩涂的鹅卵石上，抽着旱烟，聊着桑麻，或者说些七荤八素的话题，等待着对岸木船犁波破浪，桨声缓缓而来。壮实的船夫无疑是最有人缘的，等船的人远远叫着他的小名，催促撑得快些，尤其是赶墟日，大姑娘小媳妇多，满满地坐上一船，红红绿绿，总会让他心绪舒畅，撑得又快又稳，赢得声声惊叹和好评。

时间漂浮在江水上，流向了不可知的曾经。无数喜怒哀乐，无数爱恨情仇，无数生老病死，都热气腾腾急鼓繁弦地涌荡在这清凌凌的流水中。船夫麻利地解缆撑篙，经年累月水上往返的结果，让他拥有了古铜色的肱肌和响亮的嗓门。他站立船头眺望水天，不时张嘴唱几句山歌："逆水行船尽命拉，竹篙落水头低低。日头一出难耐晒，么只老妹思量……"曲调抑扬顿挫如江水流淌，两岸菜畦青青，木船悠悠向前，山歌里仿佛看到一张久远而动人的画面。

（二）

在苍茫山水中，龙津渡口是一个充满诗意和哲理的存在。那一派翡翠色的流水阻隔了芸芸众生，一个在此，一个在彼，彼与此就在水的两岸，而且“归去来”，这彼此之间又相互更换。渡过去，成功了，可下一个渡口又摆在眼前；失败了，回头是岸，积蓄力量，可以转头再战。谁能说得清这“渡”字本身的真正意义，或许“过”就是完整的内涵。

明洪武五年（1372年），河源人谢天与中举了。春天的傍晚，夕晖涂身，东风拂袂，谢天与志得意满地站在龙津渡旁，看着熙熙攘攘的渡口，不由触景生情，低头寻思。这些熙来攘往的渡客，究竟谁才是济世安邦的贤能之人？

夕阳西坠暝云津，簇立东风唤渡频。

老尽往来名利客，不知谁是傅岩人。

——谢天与

龙津渡始建于何时，没有资料可供考证。但根据谢天与诗作推算，至少在1372年左右，龙津渡已是当时的交通要冲了。清同治版县志记载，“跨双江之要汇，达数邑之通衢”，从回龙、忠信、顺天、灯塔、骆湖、船塘、上莞及双江、涧头、南湖来的贩夫走卒、人马轿舆都汇集在龙津渡过河。每天早晚，或担柴挑菜，或归耕罢作，或走亲访友，或送货串乡，人们聚集在龙津渡口等渡船。这边船还未靠岸，就有人呵斥着往前拱；那边呢争先恐后呼妻唤儿不绝于耳，混合着鸡鸭欢叫，一片嘈杂之声回荡水波之上……

归路人兼任与负，赴家心竞后和先。

——明 ·郑敬道

薄暮行人阻去程，与君缓载不须争。

——明·古文集

隔岸担薪客，登崖荷笠俦。

——清·陈张翼

随着人口增多市集兴盛，龙津渡是越来越繁忙了。人们往来奔走，总会发生一些危险，遇有风浪，过渡者无不提心吊胆。清道光二十五年（1845年），热心乡绅刘维谦等倡议，将龙津渡扩大完善，增购渡船。官民纷纷响应，共捐筹白银近七千两，做了四艘“义船”，还建了几间供渡客歇息的亭厂。亭厂前原有十块碑文，碑高一米七，宽达八米，上刻捐资芳名及《龙津渡落成记》。“城北龙津渡昔未施济，船户需索不堪，行人苦之，谦呈请施济……道光壬午鸠工，迄乙酉告竣。”

时代的更替像生命的接力，交通的发达让河流日益枯瘦，但一种情怀、智慧与苦难中的荣光却成为不朽。那时的江水与现在的也许都是一样的苍碧，但沿岸文化风情大不相同，这是不言而喻的。在时间长流中，“变”是恒常的概念。1959年，修建电站筑坝截流，新丰江水位剧降不能通航；1960年10月，河源大桥（小江桥）建成通车。从此，龙津渡的实际功能被历史车轮碾压殆尽，只剩下冥思和凭吊的价值了。

夕照从笔架山顶斜射江面，水体顿时变得通透起来。长长的水兰草自水底袅娜而上，飘摇、摆动、柔媚、神秘。我把手伸进江水中，肌肤上顿时柔滑如缎，水流像温柔的亲吻，像无数清浅美好的时光，像飞速闪现的历史片段，带着些凉意，在手背上奔涌而去，一如远去的故乡。

（三）

时光毕竟流逝700多年，龙津渡已湮为寄慨偿情的遗迹了，但这并不影响我盘桓寻觅的兴致。水边以及水上发生的种种兴衰与似梦非梦的悲怆美丽早已灰飞烟灭，而水和岸抒写的旷古之韵是与天地同在的。

不远处，清凉阒寂的堤岸下长着一棵壮劲的木棉。我踱至树下，斑驳的余晖在婆娑的枝叶间散落，黄昏的清风从遥远的时空吹来，片片树叶在风中醒来，又在风中睡去。根须要经过多少年疼痛的挣扎，才深植于泥土，枝叶要经过多少次风吹雨打，才能如此茂密。在孤寂和清冷中，脉息渐渐脆弱，并没有消失于这片土地，而是吮吸着滔滔的江水，以一种从容和向上的姿态，坚强而柔韧地挺立在新丰江之滨。

然而那些行色匆匆的名利客，有谁真正读过或读懂过这棵木棉的默语？花开时无叶，花落尽方生叶。花开得早，便有了“嫣然一笑领春风”的畅意；花开得火热，便有了“此花若肯夸雄丽，宇内群芳孰敢春”的气势。花期过后，一边吐新叶一边结果实，等到夏天果实成熟，果壳会自动裂开，露出洁白的棉絮，随风飘散……

古渡潮起潮退，木棉花开花谢，闹市一隅，相互守望，构成了一幅落寞的异质图景，分外显豁而心惊。被尘世遗忘，灵魂才会安妥。此时两岸是喧嚣的市声，水面开始隐约透出温柔的灯火，如一种诱惑。暮色中，一只白羽水鸟贴着水面优美地滑过，复又栖止在木棉树的虬枝上。

我知道，龙津渡已经完成它的使命，现在不会有人再从这里问渡。人们被市场规律和一些新的价值体系裹挟着，进入到一个自我失重的时代。横卧江上的珠河桥流光溢彩，有不少人站在桥上，看着天光云影流水不舍昼夜，指指点点的从容神情，全然是欣赏的样子。恍惚中，自己仿佛就是站在岸边的船夫，凝望着后辈们划过一片磅礴蔚蓝。古渡创造了水上的故事，抑或是人创造了关于古渡的故事，虚实之间，都会滋生出一种深刻的眷恋。

龙津古渡，隐没在奔腾的水浪与无边的遐想中。

曾经闻名遐尔的龙津海鲜舫

主题特色：一水环城郭 两岸处处家
导航定位：源城区沿江中路

槎舨形胜龙津渡

第二章　古村幽韵总关情

古韵陂角正芳春

文 / 蓝瑞宜

三月的陂角村，一片祥和。

田野里，风儿把嫩绿的秧苗吹起层层浪，仿佛向人们展示着她婀娜轻盈的身姿。树上的鸟儿叽叽喳喳地欢叫着，述说着农民的辛勤劳作，记录着大自然的日升日息，反反复复，不厌其烦。沿途，山水环绕，绿色相拥，乡间小路，袅袅炊烟，斜风细雨中夹杂着浓郁的岭南乡土气息。

（一）

春光满眼，黄鸟一声。来陂角，读一段客家人的历史，听一段客家人的故事。

600多年前，客家先祖背井离乡，辗转迁徙，来到粤东北的偏僻深山里。他们在万山叠嶂中披荆斩棘，开辟出自己的家园。聚族而居的客家人建起一座座客家民居，在数百年的光阴里静静守护着每一个家族的幸福与安宁。

陂角村的松利自然村的蔡氏宗祠，代表着源城客家民居的特色。这座占地面积约1000平方米的宗祠，建于清朝，犹如一座历史的丰碑，矗立在群山环抱之中，写满了客家人不屈不挠坚韧执着的风骨。现存于蔡氏宗祠的楹联“西山世泽，洛水家声”，书于清朝，是陂角村的文脉，传留着小村的文韵，存留着小村的古味。客家人的友善温情就在这“西山世泽，洛水家声”间传承了数百年，滋养着这方水土，也延续着小村的活力与生机。

（二）

听春韵悠扬，看云光舒卷。沿着春天的脚步，一起聆听陂角村的生动乐章吧！

陂角村是广东省定贫困村，也是省属水库区移民村、革命老区村。“无屋舍，无水田，细崖多，路崖远，外边阿妹都不愿嫁到陂角来。”一句形象的谚语勾勒出了旧时陂角村的原貌。一直以来，陂角村山多地少，路也不好走，穷得出了名。镇里有女孩听到对象是陂角村的，都不愿嫁过来。但如今的陂角村，已非昔比。

杨家小院是河源首家徽派建筑民宿，主人杨衍明没有想到，20多年前因为贫穷千方百计地逃离陂角村，虽在服装设计、酒店管理、地产开发等领域取得成功，但现在还是想方设法回到陂角村来。

一条埔前河绕村而去，既供村边农田灌溉之用，又保村内生活所需。深深庭院，幽幽小巷，畦畦稻田，如黛远山……小村，如同水墨浸染的画里乡村，无处不是人与自然的和谐画面。

（三）

一样的乡村，不一样的春沐源。小村，已不是那旧时模样，走进春沐源，仿佛走进另一个世界。

随着新一轮扶贫攻坚战大幕的开启，粤东西北地区振兴发展号角的吹响，坐落在陂角村的春沐源岭南生态小镇，正努力建设打造华南乃至中国的度假区地标，聚焦深圳、辐射香港和广州，成为粤港澳大湾区的后花园。

春沐源，一个集科技农业商旅文化于一体、一二三产业高度融合的综合性项目，一个升级版的桃花源，一个古朴与现代交汇的春沐源岭南生态小镇。灰白的客家民居、清凌凌的水、深褐色的硬土路，鸟语花香，满眼缤纷，谱写着独属于陂角村的生动篇章。这里，背靠鸡公山，面临荷花池；青山与田野相拥，民居与湖水辉映；看得见山，看得见水，记住了绿色乡愁。

主题特色：稻畦若织　远山如黛
导航定位：源城区埔前镇

古韵陂角正芳春

坪围果香说丰年

文 / 蓝瑞宜

“和”是中国人最智慧的生存法则，中国古人提出天地人和，主张人与天地、与自然和谐共生。儒家创始人孔子提倡“礼之用，和为贵”“君子和而不同，小人同而不和”的思想，把治国处世人与人之间的关系都归纳到一个“和”字上。“和”文化根植在人们心中，成为做人做事的标准。

（一）

在粤东北有一座闻名遐迩的新丰江水库，它是华南最大的人工湖，又名万绿湖，是华南最大的生态旅游名胜，因四季皆绿、处处皆绿而得名。

新丰江发源于广东省新丰县境内，流经东源县半江、治溪，与连平县的忠信河以及东源县的船塘河汇合后，又经锡场、回龙两镇，再绕源城区注入东江，全长 163 公里。

为了综合利用新丰江水力资源，在第一个五年计划中，建设新丰江水电站被列为国家重点工程之一。1956 年至 1957 年，水利部派出勘探队，对新丰江流域进行了全面的测量勘探，经过反复勘察论证，最终确定在新丰江下游、距河源县城 6 公里处的东埔镇双下村“亚婆庙”峡谷为水电站大坝坝址。

新丰江水电站的建设，河源人民做出了巨大的努力，付出了重大的代价。新丰江大坝建成蓄水发电后，新丰江流域变成了人工大湖泽，总水域面积达363.8平方公里，跨新丰、龙门、连平、河源等4个县部分山地和村庄，总集雨面积为5734平方公里。由于新丰江库区中心位于河源县，故此河源县受淹面积广阔。全部被淹没的山地和乡村有锡场、回龙、南湖、半江等4个人民公社，半淹区有涧头、双江、顺天、灯塔、船塘等5个人民公社以及11个圩镇和389个村庄，18万亩农田被淹，移民2.56万户，库区10.64万人（包括一部分新丰县和连平县移民）迁移了世代生息的家园。

新丰江水电站的建成，乘势利导、因时制宜，遵循人和自然和谐统一的自然规律。在发电、防洪、灌溉、养殖、航运等方面给当时的河源县、惠阳地区乃至广东全省人民带来福祉，至今仍发挥着巨大作用。新丰江水库修好之后，饱受水患困扰的东江两岸成为“鱼米之乡”。

（二）

为了国家百年大计，十万河源儿女背井离乡，舍小家为大家，新丰江水电站横空出世，高峡出平湖。一个“和”字，在历经艰苦磨砺后，保护新丰江水库水资源，安置移民生产生活，成为河源重要的历史责任与担当。

坪围村847户3332人，有一半是新丰江水库的移民。这里三面靠山，一面傍水，气候温润，盛产枇杷、无花果、火龙果、皇帝柑、砂糖橘等水果，一年四季花果不断。背山面水的地理位置使得村民既可耕作务工，又可种植花果，如能科学利用合理开发，这是一片秀水福地。

2016年，经精准识别，确认建档立卡贫困户61户185人，坪围村成为广东省定精准扶贫相对贫困村。根据省统一安排，深圳大鹏新区扶贫工作队挂钩帮扶河源市源城区，大鹏新区经济服务局开始帮扶坪围村。

把“和”文化根植在人们心中，成为做人做事的标准。2017年年初，扶贫工作队与第一书记和坪围村“两委”班子成员一同与贫困户商量，将扶持39户可开发贫困户的扶贫资金和大鹏新区帮扶单位帮扶的50万元资金，作为启动资金成立坪围村大鹏种养农民专业合作社，在村里盘活了100多亩土地，带动村民种植无花果，全力打造水果产业经济。多年来，在河源市及深圳大鹏新区的对口帮扶下，坪围村建立长效脱贫机制，因地制宜发展无花果、皇帝柑等水果产业，打响了“水果村”的品牌并发展乡村旅游，实现了整村脱贫。

（三）

在坪围村，村民讲信修睦、家族和合。2017年11月，在众多移民村镇中，坪围村获评第五届全国文明村镇。

在坪围村的红三自然村，有一座和福寨庙，始建于明朝初年，供奉七圣仙娘。每年农历正月十五，村民们都会到这里参加祭祀活动。上香祭拜，舞龙舞狮，保佑来年风调雨顺，五谷丰登。

从新丰江水库安置到坪围村的水库移民，在60多年的时光中，早已与这里的山川河流融为一体。一个“和”字，让这里的人们在山水和睦间能够尽享无花果香说丰年的喜悦。

主题特色：讲信修睦　家族和合
导航定位：源城区埔前镇

坪围果香说丰年

星星之火留上村

文 / 蓝瑞宜

从“铁肩担道义，妙手著文章”，到“鲲鹏击浪从兹始”，古往今来，“责任”二字在中国人的心中成为一种精神风骨。人们为之坚守，为之奋斗，甚至付出生命也在所不惜。

（一）

河源是中国革命策源地之一，也是全国最早传播马克思主义的地区之一。

当马克思主义传入中国，河源涌现出一批先进知识分子，他们较早接受进步思想，积极投身革命活动，成为广东乃至全国最早的共产党员之一，阮啸仙、刘尔崧、黄居仁就是其中的杰出代表，誉为“东江三杰”。他们在河源率先传播马克思主义理论，探索马克思主义中国化问题，深入民众宣传革命思想，起到革命启蒙者的先知先觉引领作用，为中国革命做出了特殊的贡献。

“东江三杰”只是无数河源好儿郎中的佼佼者。土地革命战争时期，河源地区最早爆发了闻名遐迩的紫金“四二六”武装暴动，建立了紫金县苏维埃政权和人民武装队伍，共同创建了“海陆惠紫”“五兴龙”“惠紫河博”等革命根据地。在党组织的指引下，在这股革命洪流中，一大批青年走上了决定中国命运的革命道路，发扬共产党人为了人民，为了民族，发扬不怕流血牺牲、勇于献身的大无畏精神。

（二）

广东省河源市源城区有一片黛瓦相连的客家民居，就在上村村这方寸之地，革命时期曾先后走出过罗焕荣、巫进福、罗华盛等多位对广东早期革命有影响的人物。也因此有了一座“罗氏宗祠”半部上村村史的美誉。

上村村的“罗氏宗祠”是罗焕荣烈士的故居。该宗祠位于埔前镇上村110号，始建于清代，坐北向南，由池塘、禾坪、五堂、左右两侧横屋等构成，为客家堂屋式。总面阔54.285米，总进深82米，占地面积约4452平方米。硬山顶，合瓦屋面，人字山墙，夯土墙基，砖坯、青砖、石、木结构。

在大革命时期，上村村已经点燃革命火种。1919年，罗焕荣受五四运动的影响，开始阅读一些进步书报，萌生追求革命的念头。1924年，罗焕荣婚后第三天就离别妻子，赴穗报考黄埔军校，成为黄埔军校第一期第一队步兵科的学习骨干，政治觉悟提高很快，不久，加入了中国共产党。

罗焕荣入党后，革命决心更加坚定。1924年秋，罗焕荣投入镇压广州商团叛乱的战斗。1925年1月，罗焕荣从黄埔军校毕业后，被派往教导团二团担任连队基层干部。其间，他曾到虎门从事革命活动，被当地反动地主豪绅逮捕，经交涉后获释。获释之后，他在是年2月随即参加了国民革命军第一次东征。在惠阳淡水、揭阳棉湖等战役中，罗焕荣表现英勇，立下战功。6月间，罗焕荣参加了讨伐杨希闵、刘震寰的叛乱之战，经过激战，平息叛乱。10月，他参加广东革命国民政府第二次东征，罗焕荣被编入第一纵队第一军第一师。在博罗方向进攻惠州的攻城战斗中，罗焕荣奋不顾身，不幸中弹负伤。

1926年春，罗焕荣从前线调回后，被任命为黄埔军校政治教官，培养革命人才。伤愈后，他还兼任省港大罢工工人纠察队军事教官。2月，决定开办第六届广州农民运动讲习所后，他担任第六届农民讲习所的军事教官。是年3月，“中山舰事件”发生后，中共广东区委成立军事部，罗焕荣被派遣到惠阳平山组织农民运动，开设农军学校，强化政治教育，组建农民自卫军，并担任农军军事总指挥。

1927年初春，他配合驻惠州邹范营起义失败。同年秋，组织平山第二次暴动，没料到被策动的土匪游瘢华竟与驻镇敌军串通，致使暴动又告失败。罗焕荣指挥农民武装退至有茂密森林隐蔽的旱坑仔山上，第二天，转移到青龙潭据点。这时，我军领导人尚未知道游匪与敌军暗中勾结，还约他到青龙潭议事。一天黄昏，游匪窜入青龙潭村，向我军发动突然袭击，罗焕荣落入敌人魔掌，一个星期后被秘密杀害于平山石公爷墩场坑。

“苟利国家生死以，岂因祸福避趋之”。为了人民，为了民族，为了国家，罗焕荣奉献年轻的生命，牺牲时年仅27岁。中华人民共和国成立后，平山镇人民政府在黄牛山下修过一座罗焕荣烈士纪念碑，1962年又把罗焕荣烈士纪念碑迁至黄牛山龙峰剧院前。碑文上铸刻着他生前战友何友逖题的诗，“领导农民猛着先，燎原星火忆当年，杀身当作寻常事，留与平山万古传”。

主题特色：红色记忆　星火传承
导航定位：源城区埔前镇

星星之火留上村

泷水出峡即泷下

文 / 蓝瑞宜

河源有“小江”，昔又称之为“泷水”，远古时称之为“银汉之水”，意即它是一条天河。泷水从三河之源而来，滚滚奔流，出峡后汇入东江。李焘的诗作遗篇《泷门诗选》，就是以其隐居在“泷水出峡之门”处，引意为诗集名。清初河源进士邝奕垣作的《怀李中丞》诗，诗中有“情钟泷水缘”句。这里所指的“泷水”，就是小江水。

在今新丰江大坝出水口的水道处，古时两边山势耸立，怪石嶙峋，岩壁陡峭，河水湍急，犹如一处小峡谷。这里就是“泷水”（小江）出峡之门，是小江的“水口”。

泷水出峡后，平缓流过的地方被称为“泷下”，意即泷水的下游，今“泷下”（双下）村是也。清朝之前，书写一直用“泷下”，近代不知是同音或是书写方便之故，被讹书成“双下”。

（一）

东江，上古称为循江，南汉改为湞江，宋代更名为东江，发源于江西省寻乌县三标乡东江源村桠髻钵山和安远县的三百山，为珠江水系。

新丰江是东江的第一大支流，发源于新丰县玉田点兵，自西向南经新丰县、连平县、东源县，汇入“万绿湖”。泷水流经泷下（双下）后，地势平缓，水流绕城西而往南出，汇入东江。

古时，“泷门”水口河边有一条路，叫“十二屈”，这个“屈”字，是河源话土语中弯曲的意思。这里是一处通向“三河之源”流经地的主要出入口，也是一座山门。无论是陆路和水路，古代是县城往东北、入赣，乃至进京的一条重要的交通孔道。

双下，有一座“阿婆庙”，供奉着“李娘娘”。阿婆庙门前的河段石多水急，行船危险，故经过此段河道的船只对着阿婆庙焚香朝拜，乃求平安通过。

每逢初一、十五日，阿婆庙的香客络绎不绝，庙内道徒按时为善信者祈福、上表。民众前来奉拜，乃祈求逢凶化吉，医治顽疾，平安无恙，诸事顺遂。

最为隆重的庙会活动是在春节期间，那时的阿婆庙人声鼎沸，鞭炮鸣响，香火不断。每年农历正月十九日，为阿婆庙娘娘回娘家探亲之日。按照当地传统，在这天，源城李姓将组成一个“会”，在天亮前前往双下村迎接娘娘神像进城，而双下村的李、刘、陈、廖各大姓各族将与各小姓联合组成一个“会”，送娘娘进城。

（二）

一个村庄，不仅是几条路几座房子，更是一种生活，一段记忆，一个生命的家园。中国南方的传统村落是农耕文明的精髓和中华民族的根基，是中国乡村历史、文化、自然遗产的“活化石”。

槎城是客家文化体现之地，拥有地域、自然、人文的优势。走进“泷水”下游的双下村，传统的客家文化在此延续。这里原汁原味的极富客家特色的旧宅民居，记载了百年历史的沧桑巨变。

村中有一座“均源别墅”，据廖氏后人介绍，均源别墅为廖济清（字均源）大儿子所建，坐西向东，占地2000多平方米，其结构为三进、两横、一炮楼。古墅大门上一幅书法落款日期写着“丁酉夏”，此屋应是清光绪二十三年（1897年）建成。

在均源别墅北侧大门门楣上，写有“谷如家塾”。谷如是均源的长孙，均源别墅建成，廖氏后代乐居其中，以北侧横屋为学堂，兴教化、重德行。

百年过去了，“均源别墅”的琉璃未曾斑驳，高墙未曾倾颓，画栋未曾腐朽，可总觉得黯淡了朱门，凋零了玉户。“均源别墅”，双下村一部鲜活的客家史，一个跳跃的文化符号，值得我们细细体悟。

新丰江大坝出水口的水道

主题特色："泷水"聚民居 "均源"话教化
导航定位：源城区源南镇

泷水出峡即泷下

捕鱼迎春汶水塘

文 / 王雁峰

原本静卧一隅、默默浇出水稻拔节花生飘香的汶水塘，因一年一度的“捕鱼节”上了央视新闻而声名大震。每年正月初三，全村一千多村民，或夫妻结伴，或兄弟搭档，或父子上阵，组成一个个捕鱼小分队，随着醒狮绕塘一周和点燃鞭炮后，主持人一声令下，大家争先恐后一齐跃入水中进行捕鱼比赛，不管天气有多冷，捕鱼者全然不顾。一时间，被惊动的鱼群纷纷跃出水面，捕鱼者挥动手中鱼网，来回穿梭，很快就有收获。捕到的鱼不论大小多少，均归各家所有，并且在规定的时间内，捕获塘鱼数量最多、重量最大的前三名，还可得到村里的物质奖励。据民俗学者介绍，这项活动起源何时年代不详，但历久不衰，已成为当地独具特色的畲族传统节庆。

我一直认为节日应是根植于乡村的、属于平民的，比如这捕鱼节。在不大的池塘里，他们挤在一起，或追赶，或争夺，或拼抢，或嬉戏，是多么难得的享受。他们一年到头为生计所迫，忙忙碌碌，就渴望有一天到这里闹一闹、乐一乐，一闹一乐就好了，日子就又有滋有味了，胜过都市灯红酒绿的人生境界多多。我们的一些乡村依然贫穷落后，依然以沉重的脚步缓慢行进在悠长的岁月中，但从精神的层面上来说，就难以界定什么是贫穷，什么是富有了。以物质多少来衡量，仅仅是表面的量化，而财富的内涵却比表面的量化丰富得多。物质的富有仅仅是富足的一个前提，而真正的富足则要有更丰富的内涵来补充，比如文化、教育、信仰、习俗，等等。其实，乡村是一种文化存在，无论社会发展程度多高，乡土性是中华文化永远的底色；乡村还是一种精神存在、情感存在，文化的传承，情感的回归，本质上就是回到乡土，回到深厚朴拙的土地上，回到土地一样质朴的生活中。春天在细雨中耕种，夏季在烈日下劳作，秋日的收割，冬天的农田维护……付出与收获在乡村里没有绝对等号，年年复年年，乡村就是这样在辛劳中遵循着一种轮回。如果没有歌谣，如果没有自足，如果没有勇创与坚忍，生命怎么会有欢快呢？

太阳渐渐偏西，眼前的汶水塘没有了捕鱼节时的喧闹，依然保持着难得的平静，只有徐徐的山风盈盈在耳，在塘面上吹起道道涟漪，看上去有一种说不出味道的快乐；晚霞一片一片地被摇晃的枝叶割成千万种图案，映射在水面上。我迷醉地站了起来，一步一步地踱进这幅不着底色的风景画，于是就感慨这个民族的浪漫，感慨这种民情的醇香，感慨这民风如歌似水的清纯与美丽。

主题特色：浪漫喧闹　乡风独具
导航定位：东源县漳溪畲族乡

捕鱼迎春汶水塘

南国画乡苏家围

文 / 王雁峰

当我穿过梅子雨织就的霏霏纱帘，甫抵东江边的苏家围时，四野静悄悄的，鲜见行人，只有空山鸟鸣从河对岸隐隐传来。是啊，许多人文景观怪异得很，愈是清虚恬淡，往往愈是意兴撩怀，令人悠然神往。

苏家围地处东源县义合镇，山环水绕，绿色相拥，是“南中国的画里乡村”，保存着明清时期的古屋民居以及独特的民俗生活。更为重要的是，这里还是大文豪苏东坡后裔繁衍生息的聚居地。走近入口处的迎亲桥时，心底忽然就起了一种苍凉、沧桑的感怀。这种感觉很奇特，没有什么言语可以表达准确，面对苏东坡后裔遗留下来的这么深邃、巨大而古久的建筑群落，面对迷蒙中袅娜升起的缕缕炊烟，蓦然间有了如对梦幻的伤感和不知身在何处的茫然。这是明清时的村庄，可也是现实中的村庄。这村庄不属于任何外姓，它是一条血脉的延伸，也是一个整体的生命的河床，在岁月里浪花飞扬或静静地流淌，不过它流淌的是一个家族一代代人的血和泪、悲和喜、生与死、离与合、歌和笑。其实这一切都已经消逝或将会消逝，眼前看到的，只是它充满沧桑意味的外表形态，正如你忽然遇见某位白发老人，你一定会感觉到他的沧桑百劫，却无法知晓他一生究竟有怎样的遭际和感受。

苏家围现有18座古民居，最古老的是永思堂。永思堂建于1481年，是为纪念苏家围八世祖苏东山而建，故又称东山苏公祠，一直是苏家围人举行祭祀、议事的地方。古代的官宅建筑式样和大小规模是有讲究的，苏东山曾任广西桂林府推官，这座永思堂就是根据他的官职按朱元璋颁布的官宅府第式建筑风格而建。堂屋主体为三幢，没有常见的正对厅堂的大门，而是在两边开有侧门。据说，这是府第式客家民居的特点，因为客家人认为正对厅堂开门不吉利，古人在建筑上对阴阳风水的讲究从此可见一斑。永思堂已经历了五百多年的风雨，至今仍然保存得相当完整，这与它坚固的建筑结构分不开，也与它历史上的影响力和地位分不开。

走到永思堂门口，很难决然地迈开大步一脚深入它的核心，会有几分迟疑和惶惑。面对的是一个生命的迷宫，一脚踏进去，会踩痛一个古老家族最隐秘也最敏感的神经。生命的现象其实是很神秘的，生命的力量其实是极为顽强的。从宋朝一直下来，700多年岁月，这期间惊涛骇浪，风云变幻，一个家族却能顽强地保存着它的完整（虽然这完整也只是外在的），以永远的村舍昭示不变的生之信念，将一代代人团聚在这里，是一种生命力量的结集也是一种关于人的序数的恒定。苏家围的每一片瓦，每一块石板，每一根梁柱，甚至每一根蒿草，每一声虫鸣，都仿佛透出这种震撼人心的力量，这里的一切都仿佛来自那遥远的宋代，却又真切地透出现代文明气息。一个家族，把历史和现实呈现在天地间，沉重、苍凉而又如此平和与美丽。这是怎样的人间奇迹，又是怎样的一种博大而费解的人间序数啊！

苏家围作为南国乡村间最具典型与象征意味的家族，它凸现在眼前的是一片平和悠扬的人文景象与缓慢轻柔的生活节律，这里似乎只有由炊烟、老屋、禽声、人语构成的人间图画，一种合乎理想的田园耕作生息的境界；它虽然沧桑百历，却依然古朴美丽，怡静自然。看不见残忍、严厉，似乎也没有骇俗的野蛮和荒诞。无法追怀它的从前，看到的只是现代社会一个古老家族的生活图景。在它的每一块砖和每一丘田垄上，一定埋藏着无尽的血泪和一个家族的生息密码，可惜已是无从破译了。苏家围代表着乡村的家族吗？或许是，或许它只能代表它自己。在这个绝大多数村民姓苏的村子里，很多人去了珠三角地区打工，且都是年轻人，倘若知道了这些年轻人的老祖宗是“唐宋八大家”之一的苏东坡，不知老板们在对待他们的态度上是否有些微妙的变化？留下来的中老年人大多种田，也有人在家里开出小小的店铺，从秤具到包装都是旧式的，主人在漫浸着一片古意的店堂里，木木地坐着，或是走到门口来，看几个孩童玩游戏。在一个叫“公社食堂”的乡村餐馆，一位老者向我讲述了一个神奇的传说。清乾隆甲子年，靠收破烂谋生的苏文亮，在外收得一大担破烂，回家后像往常一样摆放在屋门前的“鸳鸯榕”树下，不料到了傍晚那堆破烂竟“燃烧”起来，他慌忙走近细看，原来是一束荧灿灿的光亮，他砸开其中一块，惊喜地发现废铁包着的是沉沉的黄金……

一切都像是一幅黑白两色、明暗相间的民俗图，在祖祠前的地堂，看鹅卵石铺成的九龙图；在“万字窗”前，任天光一点点透射到身上，怎么也不会让人想起，这泥丸之地竟曾有学校、私塾11间，出过朝廷命官48名，其中五品以上23名、七品以上25名；清道光年间的一次生员会考中，全县录取24名秀才，苏家围占12名，所以历史上就有了“苏半县”的美誉。

一株山茶树正在墙角尽情地绽放着艳丽，近千朵花儿汇成一个大花球。据介绍，这株被称为“洋茶花”的，是苏东坡二十八世孙苏雨生任惠州府官时一位德国牧师赠送的种苗嫁接长成。单凭这一件事情，便看到一种中西兼容、开放并蓄的精神在这片野鸟和田鼠悄然出没的土地上潜滋暗长，以“天变不足畏，祖宗不足法，人言不足怕”的昂扬，发动对于陈旧的生活习俗、生产技术甚至道德思想的改良，使“朱雀桥边野草花，乌衣巷口夕阳斜”的恬静乡村生活慢慢消解。

这些年，我有过很多游历，而且是乡村游历。我看到很多背着自己乡土远行的人，又背着一身乡土回来，辗转无数次之后，又把命运之舟安放在出发之地。无论是漂泊也好，还是游历也罢，他们的行程只是一个圆的半径，圆心始终是故乡，仿佛放飞的一只风筝，线还是牢牢地攥在手上。在苏家围那棵有着一千多年树龄的“鸳鸯榕”下，一位老人告诉我，如今有不少在外打工的年轻人回到村里，办起了旅馆、茶馆、农家乐，生意红火。从耕田到打工，从打工到发展乡村旅游，这是苏家围人行走的路径，这就是行走的乡土。当初人们远离乡村其实是一种无奈。他们身在异乡，但无时无刻不挂念着自己的土地，他们经年累月在工地、在车间不舍昼夜劳作，其目的依然是积攒一些钱财，然后怀揣着梦想回到家乡建设自己的家园。

这片古老而充满活力的土地上，温馨的阳光照耀着肉体和心灵。家族要弘扬正义、惩恶扬善，与充满亲情的祖先遗训，常常令人怀念并感动。家是人生的磁场，家族居住的所在地也是人生的磁场，国是众生的磁场，我们永远在引力里跋涉。

主题特色：残荷消夏　书香远送
导航定位：东源县义合镇苏家围

南国画乡苏家围

畲民盛祭篮大将

文 / 王雁峰

时过正午，太阳照在身上，虽是草长莺飞时节，却感觉不到多少暖和。眺望四周，目之所及是微微起伏的田野，点缀着红砖灰瓦的楼房，隐隐传来几声鸡鸣犬吠，溪边牛群默默啃草，渲染出一派优美的田园牧歌情调。我踯躅在村里的机耕道上，脚步轻轻的，仿佛怕惊醒了什么，因为我知道，在我脚下，歇息着一个热闹隆重的节日——农历四月初九祭拜篮大将。篮大将学名篮光辉，民间多称呼其为“阿公”。篮大将是畲族蓝姓的直裔始祖，驸马王的二王子，因其本领超群，才智过人，被高辛帝封为护国将军。驸马王逝世后，篮大将承袭父业，辅佐江山，以及履行庇荫后辈子孙康福、兴旺之职。

祭祀活动的前几日，族长动员各户把屋、村寨里外洁净一新，并整饬村寨中央的场地，然后用竹木搭起两层高的鼓楼，鼓楼内置大木鼓一座，四周边沿遍插篮大将令旗，以及五色旗、狗牙旗。初八下午，由族长携三牲前往篮大将坛前拜祭，供请吃饱，翌日出巡。四月初九晨曦未露，十余名头扎红巾、腰围红绸、手持各式兵器的壮士戎装出发，上山接篮大将神位，其中四人抬一座空轿，一人牵一匹纯色白马随同上山。篮大将的庙宇建于上蓝大帝岗山顶中央的平地上，庙宇由经雕镌的青石砌成，仿宋体镌刻的“篮大将神位”置于正中，其“篮”字而非“蓝”字。据一位老人解释，蓝姓有畲蓝与汉蓝之分，其祖宗血缘是不同的，畲族始祖是提着竹篮见辛帝的，故畲族蓝姓应是“篮”而非“蓝”。

篮大将神位接回后，停留在寨门外。与此同时，鼓楼四周已拥簇了全村的男女老少，族长当众焚香祈祷，然后取两块竹片或蚶钱，仰天作揖，口念祷词，恭请篮大将接受族裔祭拜，接着把竹片或蚶钱向空中抛去，落地后观竹片，若一阴一阳，表示篮大将已莅临人间，顿时鼓笙齐鸣，爆竹土铳轰响。停留寨门外的篮大将神位轿，在一片欢呼声中被抬进鼓楼，全村老幼由族长率领跪迎，并再一次紧锣密鼓，炮铳轰鸣，整个村寨烟雾缭绕，震天动地。

在祭礼上，年轻小伙子要集群表演各式“畲拳”，以示精武、悍勇、有为。鼓楼前的地坑上，另置一堆象征兴旺熊熊燃烧的炭火，在族长的带领下，所有男性都要跨越火堆而过。

拜祭结束后，便是抬篮大将巡视游村，俗称“抬阿公”。

出发前，先把篮大将的神位复放于轿上，轿侧仍由白马陪随，戎装持械的壮士护驾，尾随者擎“篮”字大旗、五色旗，及扛各类兵器、土枪，敲锣打鼓，组成庞大的游行队伍。村中凡 16 岁以上的男性都须持刀携枪参加游行，游行队伍由鼓楼出发，沿划定的线路走遍各家各户，家家户户都贴上大红门联：“将军出巡家家旺，行福归堂户户新”。游行队伍每到一户都要停下轿马，接受主家献上的香烛、祭品、爆竹，壮士们在宅前屋后列队举枪，朝天鸣放，震慑邪魔，祈求吉福。经一天或两天，游行队伍走遍全村各个角落，全体畲民再度聚集鼓楼，并由原班人马抬轿牵马，持刀扛枪，送篮大将归回庙宇。

……

脚步轻轻的，带着祭奠的虔诚和庄严，走过杂草丛生的阡陌，走过开满野花的山坡，走进草色青青和牧童的笛音。在我的脚下，沉睡着一位庇佑安康、降福子孙的先祖，供后世膜拜。走在这块土地上，分明感到这里的宁静中蕴藏着一股强劲的民族文化张力，使脚步迈得更轻，更轻！

主题特色：不忘先祖 虔诚奉祭
导航定位：东源县漳溪畲族乡

畲民盛祭篮大将

第三章　风华浸远玉生辉

雾岚迷离望郎回

文 / 蓝瑞宜

因水而得名的河源，似乎一切都与水有着不可分割的关系，水上以及水边发生的种种悲欢离合，总有极美丽的怆然。

在东江与新丰江汇合处耸立着一座大石山，这座被当地人称作“望郎回”的大石山，千百年来演绎着一个老幼皆知的故事。

从前，山下一对青梅竹马的男女相爱了，当欲结秦晋之好时，横行乡里的某殷实大户却放话要纳女的为妾。无奈之下，男女双方家人商议立即成婚。殷实大户见生米煮成熟饭，仍不甘罢休，萌生毒计，买通长约爷，强征男的充军边关。小两口新婚燕尔，却又须离别，何等悲伤。临别时，嘱了又嘱，送了又送，女的剪下一绺青丝交给夫君，发誓守身如玉，等他回来团圆。日复日，年复年，盼郎归，盼郎回，朝夕望郎郎不回。她天天爬上石山，遥望东江，泪流满面。石山虽坚，却也被她走出一条路来，山顶站立处，竟留下了两个深深的脚印……“望郎回”的凄美给人心中的震恸是难以言喻的。

当然，“望郎回”的闻名，并不仅仅因为这段凄美的故事，还源于这里的历史。

据《明史·列传第一百·俞大猷》记载，明嘉靖四十四年（1565年）秋，俞大猷率水兵、戚继光带陆兵在南澳大破大盗吴平后，“河源、翁源贼李亚元等猖獗。总督吴桂芳留大猷讨之，征兵十万，分五哨进。……生擒亚元，俘斩一万四百”。《河源县志》（清同治甲戌订）亦记载此事，其署明年代为明嘉靖四十六年，当属笔误，因明嘉靖纪年只到四十五年，没有明嘉靖四十六年。该石刻镌刻年代应在明嘉靖四十五年五月。它的发现证实了这次较大规模的历史事件。

沿着一条小道，在如削的峭壁上蜿蜒而上，在望郎回山的山腰红砂岩壁上，依稀还能看到当年的铭文："明总兵都督俞大猷副使张子弘参议许公高游击魏宗翰总督监督官兵剿灭叛贼李亚元等二万余众五月书笔□□师谨识”。该石刻总长3.5米，高1.6米，有10行，每行5字，共50字，其中48字清晰可辨，二字因岩石风化剥落，漫漶不清。

走过石刻，再向上而行便到达山顶，一双深深足印赫然于目。

置身山顶，景色壮美，几缕雾岚挂在绝壁处，青烟在青色的山间弥漫，仿若进入了仙境。此时，“望郎回”的凄美传说在耳边回响，作为槎城文化遗存的独特存在，或许，这就是“望郎回”的迷人之处。

伴着落日的余晖，走过那些弯弯曲曲的小道，回望山腰红砂岩石壁的摩崖石刻，迎着明朝的风，思绪在历史的长河中翻腾。

主题特色：凄美长恨歌 万古望郎回
导航定位：源城区白岭头

雾岚迷离望郎回

对江坐忘逍遥岩

文 / 蓝瑞宜

南方早春迷蒙的烟雨中，春寒料峭的东江河畔，逍遥岩悄然伫立，似饱经沧桑的老人，将深邃的过往巍然呈现。自1247年，南宋进士何天隐开辟，明代江南知府邱隅扩大完善，就有了逍遥岩，就有了摩崖石刻。逍遥岩，作为清代河源新八景之一的“逍遥幽壑”，位于源城南郊石峡山，距离城区往南五里。以逍遥岩为中心，七百年前，这里已是吸引文人墨客荟萃的世外桃花源了，其繁盛至清末。于山坡溪谷中，于绿林花海中，寻踪它的历史文化印迹。

据《广东通志·卷百三十·金石略·十五》记载：“逍遥岩题字存，‘逍遥岩’崖松岩主邱隅书。谨按刻在河源，无年月。寰宇访碑录次于宋代，云：何天隐书。”《河源县志·卷一》（清·同治1874年刻本）记载：“逍遥岩，在城南五里，高十余丈。宋进士何天隐、林佑仁所辟。凿石为阶级，以升石屋，杳深幽异。岩下有庵，山顶高阁，可以眺望，佳胜满目。”

从岩下民居绕山而上，山脚斜上至山腰岩洞口长达81米，犹如一弯新月横跨在山峰之上。从石级栏杆遗址得知，原有88条石级，42个栏杆柱，现均消失。从山脚往上登至50条石级处有一主要岩洞，洞口高4米，宽9米，深16米。在洞口右侧石崖上有长1.6米、宽0.5米的长方形框，其内平雕“逍遥岩”3个行书大字，字的规格为40

厘米 × 40 厘米，落款为“崖松为岩主邱隅书”八个行书小字，字体刚劲有力，至今保存完好。“逍遥岩”右边为一幅长 1.6 米 × 宽 0.5 米的长方形石刻，其开头曰“逍遥岩上□逍遥岩……”，共 20 行，每行 6 个字，各字的规格为 9 厘米见方，经过漫长岁月风雨的侵蚀，由于风化剥落，一部分文字漫漶不清。

置身山顶，俯瞰远景。夕阳下，江畔人家升起的缕缕炊烟，夹杂着农家小院的鸡鸣犬吠，宛如水墨淡染的一抹客家水乡便呈现在眼前了。一份恬静，承载着梧峰夕照、宝江渔唱、龙津晚渡、龟峰宝塔等“老八景”的沧桑留痕；一份淡然，印记着奎阁槎流、鼓楼春霁、鳄湖青曲、龙庙风帆等“新八景”的熠熠生辉；一份朴实，诉说着钟灵毓秀，人杰地灵的槎城在漫长历史变迁中一个个动人的故事。

一阵微风袭来，山顶的观音阁，岩下的逍遥庵，西侧的栖禅寺，附近的将军碑……似沧桑岁月的厚重，穿越历史从南宋驰来。

情感丰富的诗人读懂了逍遥岩。明代正德间河源县令郑敬道《题逍遥岩》，诗人黎绍曾《逍遥幽壑》、杨士奇《游逍遥岩》、江熊锡《游逍遥岩序》《中秋逍遥岩看桃花》、徐颖柔的《登逍岩》、张魁《逍遥岩避暑》、崔放之《栖禅寺》、萧光何《步韵》、马叔康《游逍遥岩》、释弘音《游逍遥岩》、邝成瑛《和前韵》以及乾隆丙子举人关文运《逍遥岩》（回文）等联袂而来，行吟而去。

关文运的回文诗《逍遥岩》有云：

山云锁树绿萋萋，静院钟声数鸟啼。

弯径晚花寒蕊吐，曲栏斜石古诗题。
闲僧坐对层峰碧，醉客游来远雁低。
还往日边晴嶂叠，关门寺外野烟迷。

早春烟雨，东江河畔。或许，正是过往历史这山云锁树的静院钟声，给逍遥岩注入了文化的内涵，其槎风遗韵也令人陷入无限之遐想。

岁月不居，逍遥岩老了，它失去了昔日横河卧波的雄姿，也失去了行人纷至沓来的鲜活。如今，逍遥庵、栖禅寺、观音阁等古迹早已不复存在，但逍遥岩摩崖石刻却以自己特有的方式保存下来，这不禁让人思考，保护传统文化的重要是否与现代文明生活有其一脉相承的必然性？否则，更多古遗址的遗失也不会引人扼腕叹息。我想，这些文化遗存，哪怕只有故址，只有残骸，其古风遗韵也是令人咀嚼不尽的。或许，我们应当如同爱惜自己的羽翼般，保护并传承古文化。

洞口右侧平雕的“逍遥岩”石刻

主题特色：曲栏倚斜石 逍遥寄幽壑
导航定位：源城区岩前开发区

对江坐忘逍遥岩

古邑清韵思“太平”

文 / 蓝瑞宜

槎城的大街小巷，客家创意小店无数，酒吧、餐馆、家居、作坊等使人眼花缭乱。每当你走街串巷时，会发现，一条古街，在此等候。

（一）

飘雨季节，路上人不多的日子，撑一把伞，漫步于那条原是麻石路的太平街，看那断垣残壁留下的厚重，听那亘古传来如烟如雾的吟唱。

据史料记载：“自河源建县以降，城池兴废不一，但皆依桂山为主干筑城，分支为上、中、下三郭环城。”太平街，始建于明代，清代、民国期间重修。太平街在乾隆年间称之为“中廊市”，主要由横街、酒饼巷、上街、正街交叉形成，原长700多米，由南北至东西和西北至东南走向，呈两个十字形，因此也叫十字街。太平街是中郭的一条正街，街内有邝屋巷、灯笼巷、邱屋巷、黄屋巷等，均为中郭界地。20世纪初，骑楼建筑从南欧、地中海一带传至广州，继而迅速风靡到岭南地区。1931年，署任县长何弼卿重新改组委员会，并聘请专业技术人员，太平街采用临街“上楼下廊”的骑楼结构，人车分道，商住融合，中郭正街更名为“太平路”。至1936年，总计商号300多家，而多数商号集中在太平路，形成了商品贸易一条街。早年商业兴旺，整条街呈现出一片太平盛世的景象，故称为太平街。

1938年10月，日军入侵华南，东江下游的惠州、博罗、增城、广州等地相继沦陷。而中上游的河源、龙川成为东江军民抗日的大后方，物资的集散地，起到了抗战物资筹集供给的重要作用。当时，南海、顺德等地有不少避难民众来到河源，其中也有不乏精明的商人在太平街经商，逐渐形成了具有各地特色的行业，进一步促进了太平街的商业繁荣。

（二）

太平街商铺因在抗日战争期间部分被飞机炸毁，为民国重修较多。1956年，政府对太平路进行改造，在原路面8米的基础上扩宽至12米。其中车道6米，两边人行廊道各3米，全长419米。

或许，太平街不能说是这座小城的灵魂，但绝对是令人怀想的风景。

太平街东接中山路，西交化龙路，两边接通若干小巷，狭长小巷上长满了细细的青苔。

沿街古色古香的建筑物，是颇具特色的客家木骑楼，局部渗入西方建筑风格，分散在古街各处的杂货铺依旧保持了旧日模样，那些著名的老商铺，童氏“齐兴昌”、邝氏“天成号”、谢氏“宝树堂”、张氏“百忍堂”、缪氏“中山旅馆”“义合隆”“怡隆栈”等，还在老一辈河源人的内心深处。

古街两旁的商铺保留着最质朴的元素，布匹棉襟、农药肥料、五金交电、诊所骨科、瓷器药材，钟表木炭、酱料咸杂，鲜蔬特产……印象中，小的时候，家里置办年货，老老少少都要到太平街逛一逛。

街径麻石铺就，青苔白墙黑木。

廊式画栋骑楼，凭栏镂花窗户。

如此，便是年少时期的太平街，来过，便在记忆里。

（三）

20世纪90年代河源老城改造建设，太平街部分被拆建。2013年11月28日，源城区政府立项修缮太平古街，修缮始于2014年10月4日，竣工于2015年12月30日，修缮后的太平街338米，西北至东南走向，共有商铺47间，更名太平古街。

如今古街，商铺林立，时尚服饰，银器饰品，姜糖作坊，音乐清吧，特色餐馆，一家挨着一家……

如今古街，汇聚了天南海北的各地美食，桂林米粉，云南米线，台湾饭团，麻辣小面，姜撞奶以及客家特色美食艾苯、萝卜苯、猪脚粉、八刀汤、九重皮、咸水角、糯米团、老鼠粉……

如今古街，已不是初时的模样，金银铜铁、钟表木炭、农药肥料、手写对联……这些旧店铺已难觅身影。

太平古街，骑楼老屋已被风雨腐蚀褪下了明丽的色彩，在久浸时光中留下了一缕温馨的久远任人遐想。

太平古街，古老与现代的交融，喧嚣与宁静的碰撞，我们用历史与文化来思考。

主题特色：太平楼郭 开埠闹市
导航定位：源城区中山大道太平街

古邑清韵思“太平”

水墨槎城忆“化龙”

文 / 蓝瑞宜

三月烟雨，走街弄巷；水畔绿柳，古桥夕阳。

来到槎城，来到老城（当地居民对原河源县老城区的俗称），在这千年古邑的客家民居之上，在这饱经岁月风霜的亘古残墙上，倾听一个又一个尘封已久的故事和传说。

穿过古朴的李焘故居，顺着蜿蜒的小道从上城北门穿行。

在这里，能触摸到的是文明的脉络；在这里，能感知到的是客家人文的足迹。

自南齐永明元年（483 年）置县，千百年来形成的一山（桂山）一湖（鳄湖），两城（上城、下城）两江（东江、新丰江）三郭（上郭、中郭、下郭）的客家文化，是槎城的灵魂和内涵。

古时，上城通往下城的重要通道便是化龙桥。

据《（同治）河源县志》记载：“在上城北门外有一桥，称化龙桥。”今有限的史料也无法道尽它最初的名字来历。“化龙桥”从明万历十一年（1583 年）上城完成建城后，它一直是城中北门通往觐北街（化龙路）到中郭的重要通道。水道通过壕沟连通鳄湖，在其上铺路建桥。清乾隆九年（1744 年）河源县知县陈张翼同邑人重修。清同治十一年（1872 年）续修，添造两旁石栏杆。

中华人民共和国成立后，于 20 世纪 60 年代改建化龙桥，桥面加宽至15米。上城北门水果街的三岔路口，向左是长塘路，向右是千年古榕，从三岔路口往友谊商城的必经通道便是化龙桥。

千年古榕，化龙桥下的流水正缓缓地从鳄湖流向长塘路方向的沟渠里，它是否也有过忧郁和感动，在这里停留一分半刻，邂逅一个如莲一般美丽的故事。

传说某天，朝廷派人来到河源，在鳄湖上搭起竹楼选妃，这不仅使得全城的百姓围观，还吸引了十里八乡的乡下人，鳄湖上人山人海，热闹非凡。在人头攒动中，有一位生着满脸麻子的姑娘使劲往前挤，一心想看个明白，不料无意踩了别人一脚，招来了一通臭骂："生了满脸麻子，几时轮到你。"姑娘一紧张，一不小心从桥上跌到了湖里。然而，当人们把她救起后，发现姑娘的满脸麻子全没有了，变得端庄秀丽，如出水芙蓉般，娇羞可人。京官从远处看见这位体态婀娜的姑娘，差点叫了起来：莫不是仙女下凡？当即选定进宫。麻脸姑娘被人选入宫后，人们就把那座桥叫做"化容桥"了。

夕阳西下，柳色含烟。凝望前方的太平古街，雨滴拍打着石桥，在繁华的闹市中尽显沧桑，千年古韵与现代文明相互交融，内敛厚重不张扬。

三月，水墨槎城，到化龙桥，记忆一段尘封已久的故事和传说。

主题特色：水墨槎城　千年古韵

导航定位：源城区上城水果街

水墨槎城忆“化龙”

桨声灯影龙津渡

文 / 黄瀚

这些年，我辗转过几座城市，来到槎城时，一派清丽的湖光山色让我的心安宁下来。槎城是一座漂在水面上的城市，山因水而添青秀，水因山更显妩媚，山环水绕，造就了槎城得天独厚的居住环境。我时常在暮色降临时沿着沿江路漫步，那时的江边是相当热闹的。水天瑰丽，江风袭人，劳累了一天的人们不会错过这个休闲时段，远处动感的音乐和欢乐的歌声不时传入我耳中，让我感到活在人间的清欢。

行至大榕树旁，古雅的亲水栈道和临江凉亭让我在赏景之余，平添几分历史感。从栈道拾阶而上，观景台南面墙上有篆书“龙津古渡”字样。不期然间，我已走进槎城的历史，与千百年来的胜景邂逅。在凉亭下凭栏远眺，那东江与新丰江的交汇处就是古渡口了，昔日盛名远扬的“龙津晚渡”会是怎样的情景？晚风不语，布衣轻舟的碎影消失在昏黑的江水里，我准备折道而返了。恰在此时，借着对岸的灯火，一叶扁舟在哒哒的马达声中缓缓驶入我的视域，船后翻腾起的两股清流依稀可见，江上的灯光闪烁起来了。千百年前，那里也有晚归的渡人，乘着月色划桨而过吧……

龙津渡始建年代不详，约略人们在长期生活中为渡江而逐渐形成。从历史上遗留下来的诗文来看，有明洪武五年（1372 年）的举人谢天与已在龙津渡口吟唱：

夕阳西坠暝云津，簇立东风唤渡频。

老尽往来名利客，不知谁是傅岩人？

诗中“唤渡频”一语道出了龙津渡在元末明初时的热闹场景。至明清之际，龙津渡是河源县十分繁忙的交通要冲。明弘治年间举人陈希文的诗作中，有“龙津之渡晚嘈嘈，两岸归人不绝号”的诗句。龙津渡傍晚归人不绝、嘈嘈杂杂的繁闹景象呼之欲出。清乾隆年间河源县令陈张翼则有诗云：

一水环城郭，龙津古渡头。

招招当落日，泛泛正舣舟。

隔岸担薪客，登崖荷笠俦。

莫歌匏有叶，同济对沧洲。

余晖残照之时，江水上摇曳着一片片将要靠岸的小舟。对岸的农夫肩担薪柴走上回家的道路，山崖上戴着斗笠的人也结伴下山了。天色已晚，渡口一片繁忙，人人争相归家。在此情景下，诗人想到，能与亲友共同度过宦海浮沉，也算是沧桑仕途生涯中的一件幸事。

龙津渡地理位置紧要，通行量大，再加上江面宽广，若小船济渡则有淹溺之忧，故清道光二十五年（1845年），槎城各属绅士倡议捐资改造渡口。改造工程遇到的最大难题是这里地形纷乱，渡船云集，行人络绎不绝，未曾停歇。筹措两年后，改造渡口、添置渡船事宜开始施行。邑人先是请求时任县令盛济川掌管此事，而后将募捐之事下传到河源属下各村镇，将各处的捐助详细登记在册。捐资改造龙津渡一事，受到乡里诸公的热烈欢迎，人们争相捐纳，集腋成裘，所需钱款渐渐集齐。时人先是花一千两朱提银购置商船，让河船经营起来得以渡人；又将南岸北岸的码头用砖石铺砌，让比肩接踵的行人不至于因道路不整而叹息；再在渡口附近修造起坚实的房屋，让往来的船夫不至于风餐露宿。居安而思危，为了让渡口长期安稳妥帖，人们又加固船只，增高船舵，改进撑船的竹篙，备好上下船用的木板，让渡者能够安稳地乘船到达彼岸。募捐而来的钱款有所剩余，人们就把其中一部分用来置买店铺和田地，将每年所收得的利息给撑船的渡工添置衣食，让渡工们衣食无忧，心感慰藉。整个系统工程完成后，咸丰、同治年间，河源著名绅士萧居权写下《龙津渡落成记》，将此事详细记载，以传万世。

改造龙津渡功德无量，保障了百余年间河源人渡江畅通。直至1960年10月，河源大桥建成通车，小江渡口不再渡运，龙津渡才失去功能，逐渐淡出人们的视野。2016年，源城区政府再次对龙津渡进行改造，修建景色宜人的公园和开阔平坦的健身广场，现在的渡口景观即是此次改造而建。

有着悠久历史的龙津渡往景不复，但现在的渡址为居民提供了一个休憩之处，为槎城增添了一份古韵。

龙津渡头水，渌净蘸杨柳。

人归如蚁多，月出橹在手。

明正德年间河源县令郑敬道的这首诗，为龙津晚渡留下了永恒的风景。抚今追昔之间，我意识到，江畔的点点灯火，等待着每一个晚归的渡者。

主题特色：夕阳暝云津　东风唤渡频
导航定位：源城区沿江中路

桨声灯影龙津渡

品茗遥想朱门亭

文 / 蓝瑞宜

朱门亭，第一次相遇，是因为等车在亭子里避雨。遇上烟雨，槎城会变得更朦胧，如毛细雨，轻柔细腻，所谓“天青色等烟雨”，大概是这一原因，对朱门亭的记忆尤深。

每天，从住所到学校，都要经过朱门亭市场，经过朱门亭这座古亭。凝目望去，黄色琉璃瓦面的小亭，似乎是205国道上一处奇特的风景，于城市喧嚣 角，喧闹地坐守光阴。

起初，我与大多数人一样，以为朱门亭就是个地名，并不知朱门亭这一古亭的文化内涵。

据史料记载，朱门亭在河源市源城区上城南门，原为接官亭，朝廷大臣以及省、州官员由陆地来河源县时，县官要到朱门亭列队迎接，回去时也要在此饯送。该亭始建于宋代，曾多次重修，至民国十二年（1923年）重修时，只有四根石柱支撑亭顶，平面四方形，面积约50平方米。亭内四条圆柱，分别镌刻楹联，相传为曾任梧州知府的上城人李少怀先生撰写。其中一联曰：“亭曰朱门，侑其名毋忘旧址；坐登热客，品几盏不觉生风”。二联曰：“茗品两杯，犹胜望梅能止渴；风来四面，纵然附热也生凉”。三联曰：“坐久一些，试把茶经谈陆羽；饮多几盏，浑同甘露话相如”。四联曰：“座列东西，茗品几杯堪解渴；路通南北，亭开三面可乘凉”。

“亭者，停也。人所停集也。”过去，该亭所在地是进城赶集客商必经之路，是直往江西南北运输盐道，东经禾廉桥、新东门穿过福音堂乐育小学之间向东出马草渡；北通东埔南湖，桥头、灯塔直到连平江西等地。这个古亭曾经有多少人在此驻足，流年飞絮中又送走了多少南来北往的过客。

朱门亭原亭早已荒废，经多次毁后复修，在“文化大革命”期间又拆毁了。1985 年，河源县人民政府在原址重建了朱门亭，朱门亭再以新的面貌屹立于旧址。

物换星移，沧桑几度。因为建设河埔大道的原因，朱门亭还是被拆毁了。

朱门亭，最后的一次相遇，也还是下着雨。那日，到朱门亭邮政大厅办理邮寄业务，在大厅门口站了许久。不知何时，一台挖掘机出现在我的视线里，驶向黄色琉璃瓦面的这座小亭，一声轰鸣，这座被现代文明遗弃的新朱门亭轰然倒下了，片瓦无存。

此刻，眼前的视线变得模糊了，原来，亭子也是有生命的，尽管它默然无语，任凭风雨吹淋，静守亭前光阴，但它终究无法摆脱被消失的命运。雨，还在淅淅沥沥地下个不停。

朱门亭，从此便有其名无其亭，它真真切切地消失在人们的视线里，成为一段逝去的历史，一个永恒的记忆，一种期待的怀想。

龟峰塔古岁月长

文 / 王雁峰

东江和新丰江的流水似乎没有一点眷恋，仿佛要滤洗去所有的岁月陈迹。这座南齐永明元年垒土而成的客家小城，历经一千五百多年的沧桑变迁，已很难寻觅得到“以上城为堂奥，下城为门户，连气接脉，交相为功，立面于为水汇，化去隔碍，出东而达艮，呼吸贯通，坐桂山，吞两江”的槎舨形胜了。只有清晨或黄昏偶然瞥见裹挟在高楼大厦中的龟峰塔时，才怀想起昔日“双城一气”的风华遗韵。

龟峰塔位于城南南堤路东江与新丰江交汇处，因其建在一个酷似大龟的独立山头上而得名，历来被列为“河源八景”之首，又享有“东江第一塔”美誉，是国家重点文物保护单位。塔为平面六角形，首层外壁边长为5.4米，墙体厚为3.3米，塔心室边长1.6米，通高42.6米。塔正门向东，塔外观为七层，内为十四层，一明一暗，各层设有杉木楼板加铺方砖。其中暗层有穿墙上下两个门，四个佛龛；明层有一门通往另一层平台，另有五个门孔通往外边平座栏杆。平座和出檐均用隔层狗牙砖叠垫出挑，出檐宽而厚，平座设有木栏杆，每层六角均有角柱，柱间饰横架栏额相联；塔檐皆灰色琉璃瓦，角梁下悬挂铜钟。

这座始建于1132年的佛塔，是广东省仅有绝对年份可考的南宋早期楼阁式砖塔，状如竹子，节节上升，层层收分，沿阶梯盘旋而上可登塔顶。但凡登过龟峰塔的人，无不为它精巧的结构所叹服，在暗层中比赛寻找上塔的真门，成了游塔人的一大乐趣。每一层，看到的风景不一样；每一面，看到的风景也不一样。登高凭栏，远眺槎城，心胸豁然开朗，这或许就是龟峰塔魅力之所在。

龟峰塔又称神仙塔，坊间流传着一个与建造有关的传说。一次各路神仙聚会路过，见百姓饱受水患，生活贫困，顿生恻隐之心，决定在两江汇合处的下游建宝塔镇住洪水。神仙建塔之事，被当地某官宦世家知道了，担心塔建好后对家族不利，于是叫人半夜潜伏在塔的附近，当塔造到第七层准备安放塔顶时，便大声学鸡鸣。神仙听到鸡鸣，以为即将天亮就驾着祥云离去，留下无顶的宝塔。自此，“龙川塔无影，河源塔无顶”的说法便流传开来。其实县志中有“咸丰二年壬子，龟峰塔崩第一级”，“第一级”即是原来的塔顶。

史书的记载往往都是板着面孔的，完全没有民间传说来得精彩和意韵盎然。原本镇水佑民的龟峰塔，现在已嬗变成集人文历史、休闲运动于一体的城市主题公园，公园包括龟峰塔保护区、博物馆区和金花庙三大核心旅游区，是“中华恐龙之乡”的重要展示区。塔下四周栽种了大量的景观树，有樟树、桂花树和腊梅，有供人休闲的石鼓、石凳、花圃和行人小道，市民在公园内健身下棋，打牌娱乐，对唱山歌。

主题特色："八景"之首　龟峰古塔
导航定位：源城区城南南堤路

龟峰塔古岁月长

第四章　厨下烹鲜开华宴

客家酿三宝

文 / 陈理华

在客家文化源远流长的广东，色泽各异、形状美观、味道独特的酿三宝是一道声名远播的传统名菜。

酿三宝，一听这名字即使没吃过的人也会知道，这是由三种菜一起拼凑成的最佳搭档，它们的组合形成了稳稳的金三角。酿三宝又如舞台上的三人相声，会带给你意想不到的惊喜和味觉上的快乐。

要是到了广东河源这个美丽的地方，若是没吃过酿三宝，那可真要算是一种人生的遗憾了。

缘自河源地地道道的酿三宝，它的好味道都在于一个“酿”字。这个意味深长的字告诉人们，做这道味道鲜美的菜，是要花比平常菜更多时间的。做菜的人都知道，有的时候，时间就是美味的最好的挚友。

酿三宝是伴随着北方汉族的迁徙而走进南方人的餐桌的。于是酿三宝开始深深地根植于南方的舌尖之上，成为广东人餐桌的最爱。我们可以从这道菜里看出客家人的创新与智慧。

客家人，在一千多年的光阴里，一些饮食习惯改变了，但总有一些经得住时间考验而得以保存下来的菜肴，并连同那些一脉相承的制作细节也一并被完美地保存了下来。

据说有位长年漂泊在外的游子，每年千里迢迢地回到河源，就是为了能在他童年时熟悉的街角美美地吃上一回酿三宝。因为在他的心里这才是故乡最纯正的味道。每每吃到它，就等于是寻到了自己的根……

其实，酿三宝做得好吃，是由于在选择食材上很有讲究。新鲜的半肥半瘦猪肉、虾米、香菇，还有就是三样配角苦瓜、豆腐、茄子，它们全都作为食材被精心地选来。当然调料也很关键，没有好的调料就是有再好的食材也是白搭。于是辣酱、酱油膏、酱油、蚝油、蒜头、味精纷纷出场。

制作时，将猪肉、虾米和泡软的香菇剁得细细碎碎的。随之调入姜、酒、盐，少许酱油，少许蚝油，少许糖。最后撒上白胡椒粉，淀粉，少许的水。再放进一个大碗里搅拌，直搅到肉馅有明显的胶质感时就行了。

当然做好这些别忙着酿馅，将苦瓜切段去籽，使之形成一个中空圆柱体，抓盐，加入生淀粉擦苦瓜内壁，这一切工序做好了才可酿入肉馅；在新鲜饱满的茄子上切两刀，中间不切断，形成茄夹，酿入肉馅；豆腐切成等量大小的豆腐块，并将豆腐的中间挖一个小小的洞酿入肉馅。

将以上三样酿好的食物分别放入油锅，因为它们熟的程度与快慢都不同。在烈火烹油中炸熟，这时就要看师傅的功夫了，炸太熟会影响酿三宝的鲜嫩口感。一切都要恰到好处，如同美女有着黄金分割的精美脸盘，多一分少一分都无法形成最美观感。

切好的蒜头用油锅爆香，调入辣酱、酱油膏、酱油、蚝油，加水，加入已炸好的酿三宝。接着大火烧开，小火慢煮，然后放入淀粉勾芡汁，翻搅均匀。当每一个酿菜都披上浓郁芡汁的时候，调入味精，依照个人口味撒上葱花或香菜可以闪亮出锅了。神奇的味道充满着诱人的感觉。这是一般客家人酿三宝的标配，而且，这样做出来的酿三宝特别美味。

其实酿三宝用料很简单，它不用名贵的鱼翅海参，也不需要高超的厨艺去操作。无论在乡村还是在城市，想吃它很方便，食材随处可得。

这道看似平凡又不平凡的酿三宝，是客家人千百年来留在骨子里的记忆味道。这有着平民味道的菜，融合了家人的温暖和亲情，因而特别受欢迎。

客家酿三宝

河源桂花鱼

文 / 陈理华

潮州菜是广东菜三大流派之一，发源于韩江平原，历经千余年而形成和发展，以其独特风味自成一体。

桂花是一种清香无比的花儿，它开在农历的八月。古往今来有多少文人墨客为它留下了绝美的诗句。

当这种名花与一种鱼结合在一起的时候，这有着桂花的品质的鱼，若是有幸吃上它，那该是一种怎样的体验呢？

桂花鱼，当你听到这个名字时会不会觉得它很美，很有诗意？这道菜确实是美得令人遐想不尽。那些餐桌上最普通却又美味异常的潮州菜，总是那么充满温情，带着家的味道。

桂花鱼学名叫鳜鱼，它皮滑骨少，因肉质鲜嫩而闻名于世，这种鱼盛产于河源新丰江水库中。识货的人到达河源后，寻找的美食中是少不了桂花鱼的。

再说如今生活好了，很多人们寻觅美食，不仅仅是饱口腹之欲，更多的可能是一种精神上的慰藉。

在处处有美食的河源，其中清蒸桂花鱼是必吃不可的一道美食。如果你不曾吃过它，一定要找机会去尝尝哟。

好在只要到河源就一定能吃到正宗的桂花鱼。因为在河源，几乎每个家庭都有一位会做菜的主妇。平日里，她们会用自己的巧手和平凡中的爱，烹制出一盘盘美味佳肴，让家人尽情地享受着大自然馈赠的美食。这些家常菜中自然少不了桂花鱼的。

河源桂花鱼的制作方法：产自河源新丰江水库的桂花鱼1条（约600千克）、南丝100克、淡汤1.25升、盐、味精、胡椒粉适量、姜片适量。

制作过程如下：先将桂花鱼去鳞、洗净，小心翼翼地起肉，切成一定宽度的肉块，鱼骨也用快刀斩块。制作者一定要有精细的刀工和一定的技巧，才能把这一切做得有条不紊。师傅不慌不忙做完这些时，打开锅盖生火，将鱼肉进行拉油，鱼骨放入锅里煎透后，加入二汤大火烧滚成奶白色，一股清幽的鱼香弥漫开来，立时整个屋子都香气浓浓的，闻之令人未啖心已动！这样做出来的桂花鱼，鱼色乳白，口感鲜美，清甜嫩滑，有飘飘袅袅、直沁人心的香。

起锅后，把鱼肉和骨按一定的形状摆入碟中，并把灼熟的青菜摆放在菜式两边。盖上姜丝、葱丝、辣椒丝，滚油一炝，香气四溢，再淋上蒸鱼豉油即成。有着片片雪花样白的河源桂花鱼肉，静卧在碧绿的蔬菜中有着阳春白雪的高雅。那份安静的带着艺术气质的美，简直就是一幅绝美的油画。这一道着意追求色香味俱全的桂花鱼，只要看上一眼，总能让你垂涎三尺，恨不得一口就把它吞入肚子里去。

这道得了广东菜精髓的传统菜，一筷下去，雪白鲜嫩的鱼肉，满嘴肥美鲜甜，轻轻咀嚼之中，那齿间的快意，让人终生难忘。

猪脚肉丸粉

文 / 陈理华

猪脚肉丸粉是河源最知名的早餐，当地人百吃不厌。

据说，广东人个个都是天生美食家。只要你到了广东河源，这种传说就会被验证，说广东人天生都是美食家，这话不是传说，是真真切切的。

广东河源人是美食家，自然懂得什么叫好吃。于是，在他们的手下，能变化出各种不同的美食来，也能把最平常的食材做成世间最美的味道。这不能不说是神奇！其中河源土生土长的猪脚肉丸粉就是。猪脚肉丸粉就是把肥而不腻的猪脚，劲道滑爽的当地米粉，Q弹和浓郁肉香的肉丸，三者合一，它们不肥不腻，爽口、汤浓味鲜。

能有幸吃上它，那就是稳稳当当的一碗幸福呐！这种吃法相当于闽北人把扁肉、光饼、面混在一起一样，其味道独特。吃过之后竟然会让人念念难忘，欲罢不能。

一碗汤清粉滑，肉丸雪白，猪脚金黄，香味扑鼻的猪脚肉丸粉，再配上一小碟青椒圈，那个味十分过瘾。

河源人喜欢把三种食材放在一起吃，也许是一种习惯，也许是这里的人觉得三这个数字吉利。民间普遍认为三是最稳固的数字，最能给人安全感的数字，同样也是一个能给人们带来幸福与温饱的数字。

猪脚肉丸粉是以煮得刚好的猪脚为原料，浇上一勺鲜香的骨头汤，加入味道独特的火炙左口鱼粉、撒上浓郁的胡椒粉，再配以本地知名米粉、肉丸而成的美食。

这小吃简单易做，入口嫩爽，有滋味，男女老少皆喜欢。特别是在城市灯红酒绿的日子里，那些为生活奔波忙碌绞尽脑汁的人，疲惫的他们到了河源，只要吃上一碗百吃不厌的猪脚肉丸粉，那么所有的劳累，所有的艰辛，都会随之一扫而光。

猪脚肉丸粉的做法：先将猪脚洗干净，切好。用胡椒粉、鸡精、盐腌20分钟，将腌好的猪脚以及葱白、八角、桂皮、辣椒、姜片加水放入煲内煲20分钟左右，大火煲开后改小火煲熟。这过程要五六个小时，把猪脚与汤分开备用。

其实，文火慢熬更考验着人的手艺。

已经煲好的猪脚有嚼劲，肉质、胶质都保持鲜美和爽滑，火候对了，一切皆是美味！第二道程序是把米粉在清汤里焯水，一定要保持米粉的弹性，太老了就散了，吃到嘴里没感觉。其次，锅内烧开水后加入盐，把肉丸放进去，盖上锅盖大火煮3分钟左右。

已经煮好的猪脚再放入熬了近5小时的浓汤里入味，猪脚是那么有嚼劲，肉质、胶质都保持鲜美和爽滑。猪脚不腻爽口，米粉细而不断，不粘牙，不夹生，带韧劲，还保持原有的米香味。

吃时，猪脚放入碗中与米粉一起浇上浓汤，3分钟快速上桌，让你品尝美味。

这料足质高的一碗浓郁饱满的猪脚肉丸粉摆在眼前，从第一口开始就能征服你！

据传，这道美食的秘方就在万绿湖之水。因为河源出产的米粉是用万绿湖的清水研浆，水直接为米浆添加了“化学元素”，使其口感软滑爽口。

猪脚也是用万绿湖含碱及矿物元素的水洗涤，去其油脂、臊味，又用万绿湖的水熬炖，既不破坏猪脚的营养，又不破坏其纤维，更是无须添加其他佐料，吃起来自然不觉油腻。

猪脚肉丸粉

五指毛桃汤

文 / 陈理华

发源于我国的传统饮食和中医食疗的药膳，在中华文明的历史长河中留下了浓墨重彩的一笔。而源远流长、绵亘数千年的饮食与健康食法，是我们祖先在美食身上寄托的一种自然情结。

在漫长的人类发展历史中，健康与长寿一直是人们向往和追求的美好愿望，因而养生文化不断丰富和发展，遍布世界。人人都希望自己身强体壮，历史上如秦始皇这样雄才大略的皇帝，还指望着能长生不老呢！我们平民百姓也是人，也想健健康康、快快乐乐，能长命百岁。

可是，因为人类的基因和人的体质原因，很少有人能活过百岁。于是为了能够更好、更健康地在这个原本很恶劣的环境里更长久地活下去，我们聪明的祖先就开始从草木中去寻求帮助，希望能借助于植物来补充我们的能量。

我们的祖先在漫长的生产生活中，掌握了无数可做药膳的材料。这些可做药膳的材料，在如今讲究养生的时代大放光彩。现在社会，即便是普通人家，也会弄点养生处方，不定时地补养补养自己的身体。

而生长于华南地区的五指毛桃，成为当地人煲汤的首选，因为它性情随和，与猪肉、鸡肉等一切肉类相搭配都适合，没有什么相冲相克的。

五指毛桃始载《生草药性备要》，何克谏曰："五爪龙，味甜辛，性平，清毒疥，洗疳痔，去皮肤肿痛。根治热咳痰火，理跌打刀伤，浸酒祛风筋骨。"

在河源，当你看到大街小巷提着篮子叫卖成捆的五指毛桃根的农村老汉或乡下老太太时，别以为那是在卖药。也千万别小看这木头似的东西，不值得你拥有，它可是许多人趋之若鹜的五指毛桃，是当今的药膳"网红"。他们是把这种看上去淡黄色一点也不起眼的五指毛桃根，从乡下的山里挖来，卖给城里人煲汤喝的。

而属于粤菜系五指毛桃煲瘦肉汤则是一道汉族药膳，做法很简单，也很容易。首先将从山上挖来的野生五指毛桃根与茎，放阴凉处凉干，凉干的目的，一是为了保存，二是去除那种难闻的青味。用时取出一捆来浸泡，然后洗净，切段。五指毛桃根的卖法也很特别，不是论斤论两卖，而是论捆卖，这种买卖很古老吧？

精选的猪肉切好焯水，加上先前所有的材料两者搭配，将它们放入锅中，加适中的水，小火慢慢焖。不多时厨房里慢慢升腾起的云雾，如仙境般。熬煮时，发出轻微的声响有如长风破浪……

南方潮湿多雨，在煲这道汤时可适当放点生姜、桂皮，这样会更理想。熬好的汤像是疏朗山水，令人难忘。

当肉与五指毛桃在水与火之间，在温度与时间里它们互相牵制与平衡着，肉的营养和药的成分在悄无声息的变化和看似波澜不惊的汤汤水水中随着时间的变化而变化着。当它们终于融合在一起，互相成全，最后终于达成一致的目标时，于是就有了出其不意的惊喜。一道奇而美味的五指毛桃煲瘦肉汤出锅了。它味道鲜美，能在每个喝它的人的味蕾中都存下记忆。

这种美食既将药物作为食物，又将食物赋以药用，药借食力，食助药威，二者相辅相成，相得益彰。这道汤既具有较高的营养价值，又可防病治病、保健强身、延年益寿。这汤，口感好，容易做，何况它是以一种平民化的身份出场的，总是那么的隽永温情，所以很让人们喜爱。

五指毛桃汤

韭菜炒河虾

文 / 陈理华

说起韭菜，别看它小小的弱弱的，不起眼。韭菜可没那么简单哟，它有暖身减肥之效。李时珍在《本草纲目》中说，韭菜“春食则香，夏食则臭”。文学作品中也留下了春食韭菜诗句，如苏东坡“渐觉东风料峭寒，青蒿黄韭试春盘”、杜甫“夜雨剪春韭，新炊间黄粱”的诗句，都展现了春季食用韭菜的闲适生活场景。中医里，有人还把韭菜称为“洗肠草”，可见韭菜的妙处多多。

河源有客家古邑，万绿河源之美誉！河源是客家人居住地，其生态环境优良，土地肥沃，气候温和，有着悠久的种植韭菜历史，古老的韭菜根深蒂固地生长在这片富饶的土地之上。它们一丛丛的，宛如小家碧玉般的韭菜，一年四季亭亭地摇曳在属于自己的天地里。

河源这片美丽的土地河流纵横、湖泊众多、水质清冽，鱼虾们都喜欢在这样的好水里生活。

东江的河里生长着一种淡水虾，它们一个个出落得清雅高贵，犹如养在富贵家庭的灵气小子。河源虾肉质细嫩，味道鲜美，营养丰富，深得食客们的喜爱。

当生长在纯朴乡村地头的碧绿韭菜，与成天在清流碧波中嬉戏的虾儿于一口锅里相遇时，仿若演绎出一场“金风玉露”一“相逢”的美妙来。韭菜炒河虾那是才子佳人心底的温情脉脉；文人骚客笔下“玉碗盛来琥珀光”的纯粹；平民百姓餐桌上的温暖。它们结合的美，妙不可言！

吃韭菜炒河虾这道菜，要的就是一个鲜字。韭菜要刚从地里割回来，叶片浓绿新鲜，还带着露水的最好。河虾也一定要选新鲜呈青黑色，近乎透明的。

其实，韭菜炒河虾就是一道家常菜，做时无须什么特技，也没有什么复杂的工序和精妙的刀功，但也要有一定的经验。

其做法：将河虾洗净沥干、加入料酒，搅拌均匀，腌制20分钟备用，韭菜洗净切成寸余长的段。

铁锅里加适量油，爆炒香蒜蓉、姜丝，等香味出来了，倒入腌制好的河虾翻炒，爆炒最大程度地保存了虾的原汁原味，虾急剧受热，迅速缩身，这样虾肉紧实，口感好，毫无腥味。至虾身变成红色，此时，将虾推于一边，再加少许油烧热，下韭菜炒至断生，与虾一起兜匀，加少许盐，翻炒片刻，即可装在白瓷碟里。点点朱红与丝丝碧玉一样的绿，这素与荤的完美结合，就如同舞台上旦与生联袂，合演出一场精妙绝伦的大戏。有着豆蔻年华烈火干柴般馨香的韭菜炒河虾，吃过后让人陡生许多念想。

千百年来，这看似不起眼的美食，这最纯净的天然食品，早已牢牢锁住了河源人的胃口。它在河源每个人味蕾里都存下了深刻的记忆，那也是家的记忆。

紫金八刀汤

文 / 陈理华

八刀汤！八刀汤是河源紫金的一种招牌汤。这菜名，之前，在人们所知的客家菜系中是找不到它踪影的。而且在菜谱里，很少有用刀来命名的菜。我国的饮食文化，那是一种很雅致，很温和的文化。与刀连在一起，就会给人一种刀光剑影的感觉。

可是，河源人用刀命名也就算了，还是八刀？听着感觉像是一部拳拳到肉刀刀见血快意恩仇的武侠小说似的。哪里像菜名？可它偏偏不是什么武侠小说之类的文学作品，而是货真价实的美食。

紫金的客家人历来就喜欢做猪杂汤，因其营养丰富、味道鲜美，一直被当地人一代一代地传承下来。

据说，从前的穷人没有钱去买山珍海味，改善生活或招待贵客，每当到家里辛辛苦苦养大的猪杀了后，就把猪身上的一些最有营养部位放在一起煮，作为招待客人和改善自己的最佳美食。

客家人一直以来都十分热情、厚道，平时杀猪，肉拿去到集市上去卖钱贴补家用，而猪心、猪肝、猪肺之类的好物件会拿来慢慢熬成美味的汤招待乡邻。这是一种优良传统，所以热情好客的客家人沿袭着古老传统，一年年，一代代，无论谁家杀猪，都要用猪杂汤来招待之。

他们说，这样做，一来增进友谊，二来也让平时比较清苦的乡亲们美美喝上一回汤。

随着改革开放，河源人也在大街上开起了大排档，有人就把这种平时在家中喝的好汤经营到大排档里。由于此汤味道鲜美，一进入街头便香飘四邻，名声大噪，引来八方食客，逐渐成为河源有名的美食。

可是，旧时的猪杂汤太费时，在快餐时代，美食也要与时俱进，通过摸索与改良，慢慢演化成如今现做现吃的汤。这么好的汤不能没有一个好名字，随之这道古老的汤有了一个新的响亮名字——八刀汤。这菜名儿一听，就有种畅快淋漓的感觉了。

而在河源这片土地上土生土长的余少宜就是这种新派八刀汤的创始人。如今这道汤已经列入了市非物质文化遗产项目……

河源的八刀汤不仅在当地享有盛名，而且还走出了广东，走到了全国各地，走进了喜爱它的人心里去了。河源八刀汤已开始走进名菜的行列，也已经开始扬名世界，成为地球村人们饮食上的新宠。

河源八刀汤，取材于当地用地瓜叶或米糠喂养的紫金蓝塘猪，它们分别是猪心、猪腰、猪肝、猪粉肠、猪肚、猪肺、猪胰脏、瘦肉等八个部位切件熬成的汤。肉必须隔水而取，这样的肉煮起来味道才会鲜嫩。内脏要清洗得干干净净的，才可用。

在猪身上八个最精华的部位各取一刀，这也是八刀名字的由来。切好猪件放入砂锅里，在上面洒放少许的盐花、胡椒粉、味精，加入从山间取来的山泉煮。在熬煮时，绝不准搅动翻转猪件精华，以免破坏猪件的爽脆口感。随后放入各种调料，待汤沸腾之后放一勺盐、油，继续煮几分钟，端起放葱，美味的八刀汤就出锅了。

掀锅盖，香气四溢，那些在汤汤水水中半浮半沉如绽开在晨露中的美丽花朵的猪件，盛进葱花垫底的大汤碗即可，让人一见就心潮澎湃。弥久的馨香，嚼之味极佳，鲜美无敌，可让人大饱口腹之欲。这种简简单单、原汁原味的汤，总能让人百吃不腻……

紫金八刀汤

东江盐焗鸡

文 / 陈理华

“焗”在广东话中就是烤的意思，那么依字面解释“盐焗鸡”就是一种用盐来烤熟的鸡。

也就是说，盐焗鸡这种美食是在盐与鸡的紧密配合中，并在温度作用下，才能产生出完美效果。

盐焗鸡，在中国各大菜系中有着最具特色的烹调技艺。最出名的盐焗鸡在东江。

鸡要选择 3 年以上的放养老鸡，杀好洗净后，用特制的纸将鸡包好。海盐放锅里炒去水分，然后在砂锅里用热热的海盐将鸡埋起来。这样就能把鸡的香味牢牢锁住，而盐又能充分吸收鸡肉散发出来的香气，最后形成浓郁鲜美的盐焗鸡。

说起来，盐焗鸡的形成与客家人的迁徙有着密切关系。千年前，因为战乱、饥荒，北方的汉人开始大规模地南迁。可是他们在漫长艰辛的旅途迁徙过程中，并不是一帆风顺的。在古时有些地方的人还是比较野蛮，他们的地盘不允许外人入住。外来客想在新的地方安居乐业，有时会很困难。

地方土著会对初来乍到的客家人进行侵扰，使得客家人难以安居，不得已被迫频繁择地迁徙。

家里饲养家禽、家畜在“逃亡”过程中，活禽不便携带，怎么办呢？

办法还是有的，他们将其宰杀，放入盐包中，以便贮存、携带。在当时，盐是他们知道的唯一可以让食物保鲜的方法。

搬迁到新的地方后，这些贮存、携带的原料既可以缓解一时的食物匮乏，又可滋补身体，让因迁徙而劳累的身体尽快恢复。

盐焗鸡就是客家人在迁徙过程中的产物。说起来这道美食，竟然让人听了有点心酸。可是这世上有不少美食就是从偶然间得来的，比如面包、冰淇淋，都不是刻意为之。盐焗鸡这种生于乱世中温情隽永的美食，充分证明智慧无比的客家人，无论在什么样的环境中都能创造出美妙的食物来让自己原本不那么丰厚的日子变得丰富多彩起来。

据传说，有一位客家妇女儿女成群，其中一位小孩体弱多病，因当时缺乏各种营养食品，就将用盐腌制后的鸡，用纸包好放入炒热的盐中用砂煲煨熟，小孩食用后，身体逐渐恢复，强壮起来，并参加科举考试，中了状元。

客家妇女的儿子一举成名后，这道菜肴迅速传播开来，以至于影响着客家人的饮食。于是这道风靡客家人的菜自然就成了每位客家妇女都能烹制的拿手菜肴。

美食也和生活一样，一直都在改变着人们的口味的同时，也被人们改变着。而且，时间是最好的改良师，为方便烹调，后来经客家厨师不断改良创新，创制出另一种风味的东江盐焗鸡。

由于盐焗鸡制法独特，味香浓郁，色泽微黄，皮脆肉嫩，骨肉鲜香，风味诱人，是宴会上常用的佳肴。

盐焗鸡有两种吃法，一种刀切，一种更原始点的直接用手撕。真正的客家人，都喜欢用手撕的方法去吃盐焗鸡，因为他们认为这样才能让鸡身上的纤维得到最好的保存，能给人最美好的物质和精神上的享受。

温情隽永的盐焗鸡，充分证明聪明智慧的客家人无论在什么样的环境中，都能创造出美妙的食物，来让自己原本不那么丰厚的日子变幻出无穷的美味来，这可是真正意义上的精神盛宴呐！

东江盐焗鸡

第五章 薪火相传耀古今

岭南首第何处寻

文 / 王雁峰

慕名来到万绿湖边的回龙镇古岭村，找了个视野开阔的地方坐下来。斜晖一抹，弥望里，翠篠娟娟，晴波滟滟，整个山村显现出一种寂寥之感。这情调，这景色，正契合了我此时的心境。我张大了眼睛向四下里瞭望——我在刻意地搜寻着，不，应该说追寻着“岭南首第”古成之的踪迹。

面对浩渺的一片湖水，不要说古成之出生地沉没水底踪迹全无，就是连村庄所在的具体位置也难以确切地指认了。但是，我依旧执拗地坐在这里，出神地遐想，从咀嚼“华屋藏人店，娇妻渡客船”“荒芜延野色，寒溜引秋声”的诗句中，体味古成之的凄恻幽怀，感受当时的苍凉况味。

古成之，字亚奭，人称紫虚先生，赤溪都人，后迁居增城，隐居罗浮山 10 余年。虽然身在山林，却萦心魏阙，心系朝廷。宋太宗雍熙元年（984 年），古成之被荐上京考试得第二名。在皇帝召见唱名赐策前夕，被嫉妒“广南人居其上”的同舍生暗中用哑药陷害，以致无法应答而落第。端拱二年（989 年）再考，中进士，为同科二十八人之一，时称“二十八宿”。

淳化三年（992 年）古成之任秘书省校书郎；至道元年（995 年），古成之以朝官身份出任绵州（四川绵阳）魏城县知县；咸平五年（1002

年），以校书郎身份出任绵竹县令。

一般说来，那些被称为“文章太守”的人物在调任地方之前，都在中央做过官，而且已经有了相当大的文名。古成之亦如此，他有《古成之集》三卷印行并深得苏东坡赞赏：“如日月之绚彩，若美玉之无瑕，登宋进士，文藻联葩，一朝忽逢韩子，丹炉共养朱砂，竟飞于蓬岛，乐逍遥于仙家，令望犹存，今古颂嘉。”因而名噪一时。京城的文化圈子很热闹，天子脚下，人才荟萃，摩肩接踵，星光灿烂，那里是步入文坛、进入政界的捷径。而“性简静、寡嗜欲”的古成之，立足于现实，把实现“淑世惠民”理想的平台，由“庙堂之高”转移到“江湖之远”；从关心民瘼、敷扬文教、化育人才的实践中拓开实现自我、积极用世的渠道。他“为政以爱民为本，不事刑扑”，任魏城县令时，恰逢李顺农民起义，朝廷派兵镇压，死者无数，疾病流行，古成之见此，“运米以济饥，发药以疗疫”，救民水火，“事稍定即兴学校，深农桑民志其乱”。咸平五年，四川又发生大乱，他出任绵竹县令，叛乱很快平息，“逆乱之俗一变”，百姓安居乐业。太宗皇帝赞其忠定之绩：“得卿在蜀，朕无西顾之忧也。”

皇威争一瞬，民意重千秋。无分境况的穷通，一贯关心民生疾苦，热心为百姓兴利除弊，这是古成之发自内心的生命本色的体现，表现了封建时代作为一员开明士大夫的优秀品格。如果说，过去以隐求官，这样做是出自“为官一任、造福一方”，还带有某种“恩赐”因素和“临民”姿态，那么现在“元官于蜀，未能携妻子居”，独自过着清淡的生活就是一种淬火后的信念自觉。

“下视官爵如泥淤，嗟我何为久踟蹰。”古成之在对腐败的官场、世俗的荣华以及尔虞我诈的人事纠葛表示厌恶、轻蔑与怀疑的同时，表现出一种豪纵、放逸、旷远的精神境界，对生命价值的认识有了新的觉醒。他深谙古人的“从善如登，从恶如崩”，人的欲望无穷，一经尝到甜头，堕落下去就再也刹不住车了。为了实现人生信念，他逆俗而行，清介自持，刻苦向上。虽然掌控一县，而闲斋萧索，庭院寂然，户外没有登门进谒的趋奉之勤，内庭没有裙妓、丝管、呼卢、秉烛之游。每当夙夜寒暑、晨昏定省之余，总要抓住片刻闲暇，游心于易经注疏，寄情于诗苑艺林，并能撷其英华，匠心独具，表现出高雅的襟怀和强烈的使命感。

60岁那年，古成之回乡省亲途经白云山时，写下了震古烁今的《咏贪泉》诗，“贤良知足辱，为尔戒贪名。一酌不能惑，千年依旧清。深涵秋汉色，冷浸古松声。珍重荒碑在，何人曾泪倾”。1007年，一生都在“出世”与“入世”中煎熬的古成之卒于任上。诚然，古成之传世的诗作不多，可是他“文章为南粤首倡，尤工于诗，有凤骞霞举、脱略尘土之态”的艺术之美，他那灵明的心性和具有极深的心理体验的作品内容，他那充分理性化、个性化的感知方式和审美体验方式，却通过那些脍炙人口的诗章取得了无限恒在，像水域壮美、水性恬美的万绿湖一样，始终润泽着浊世人群的心田。

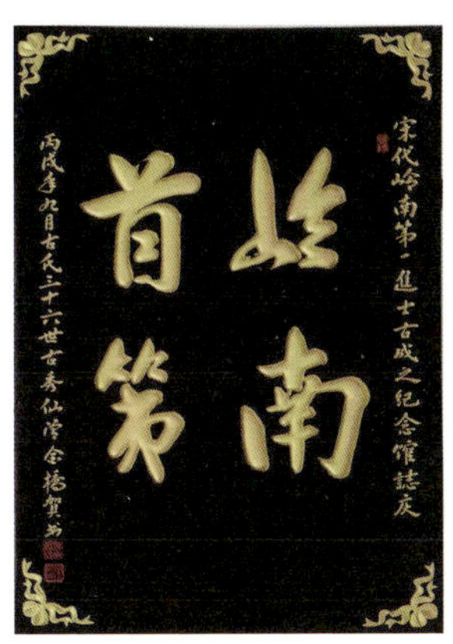

主题特色：登宋进士　令望犹存

导航定位：源城区源西街道办事处新塘村

岭南首第何处寻

“槎城之魁”泷水缘

文 / 王雁峰

虽说是客家先民南迁聚居之地，城墙危楼，码头渔轮，浮屠寺院，园亭曲栏，也还稍稍留有一点昔日的遗韵。但想寻觅旧踪，重睹烟景，不要说菜蔬青青的“三郭平畦”，归人嘈嘈的“龙津晚渡”，凉风习习的“古道榕荫”，山歌悠悠的“燕石长亭”，生机勃勃的“东埔春耕”……已经茫然，即使伫立鳄湖鸣凤桥上，那份即兴吟咏的心境也逐渐平和起来。

倒是走进夕阳斜照中的李焘故居，却唤起深沉的兴废之感。

李焘，字若临，号斗野，源城北直街石狮李屋人。他天资聪颖，学无不通。明隆庆二年（1568 年）进士及第，授任福建泉州府推官、浙江金华府同知，后调任南京兵部职方司员外郎、南京工部营缮清吏司署郎中事员外郎并代大郎中事务，随即升为郎中，负责营建和修缮四陵及殿宇。

万历六年（1578 年），李焘升任湖广衡州府知府。在这一任上，他的才干和廉洁得到了当地百姓的肯定和皇帝的赞赏。《湖南通志》载：“……力行节俭，尝取四大礼度民所能行者辑为简义，又手书司马光俭训刊布民间。闾里恶少，皆察得其奸状，事发悉实之法，民称神明。”万历十六年（1588 年），被授为中大夫；万历二十一年（1593 年），调任广西布政司参议，他针对瑶民的习俗特点，循循善诱，晓之以理，施之以法，三年后便出现夜不闭户、路不拾遗的良好社会风尚；万历二十四年（1596年）任湖广按察使时，当地各藩镇违法扩充军队，委派官吏，乱征赋税，民不聊生，但经李焘几年治理，各藩贴然，继而出现监狱皆空的景象；特别是任云南左、右布政使期间，他发动群众开辟道路1500公里，开垦农田万顷，治滇政绩卓著，被授为通奉大夫；万历四十七年（1619年），升任云南巡抚都察院右都御史，为云南省最高长官，还兼督贵州、四川两省兵饷。这是李焘为官生涯的顶峰。

李焘为官五十年，官至二品，却生活俭朴，廉洁为公，执法无私。“惟尔器识渊宏，才猷敏练。平凡夙称于执法，循良式著于惠民……”深得朝廷和百官的称赞和佩服。即使是“偶被浮言”所害罢官回乡，踟蹰桂山脚下，濯足槎江水滨，仍不忘国是萦心民生。80岁时，李焘告老还乡了。他积极倡导修葺龟峰塔，亲笔题写“龟峰古刹”，勒石成匾嵌在古塔门楣；兴教办学，著有《河源县儒学记》；奔走吁请开通湛珠湖渠道和从桂山经双下、万年基、木棉塘等几条水圳，总长35公里，既可以排除洪涝灾害，又能引水灌溉大片农田、坝地。同时对挖浚鳄湖，复建上城，修筑忠信至九连山大道都倾注了不少心血。

我爱李滇抚，为官五十年。

厨无隔宿肉，囊乏用余钱。

意厌城市闹，情钟泷水缘。

遍观达利者，可不谓前贤。

据考证，“泷水”是新丰江的旧称，其泷门在今新丰江水库堤坝处，泷水由此出峡。李焘在泷下建有九松书屋，是他晚年读书的地方。山门狭窄，水流汤汤，映现出他纵情适意、逍遥闲处、淡泊无求的襟怀，极为切近庄周“乐于濠梁”的意绪。这是否由于他久住庙堂深院，倦于宦网尘劳，不免对林泉佳致生发一种向往之情，所谓“久在樊笼里，复得返自然”呢？

要之，“情钟泷水”，有赖于那种悠然忘我的情怀和幽静孤寂的心境。也正因为这样，李焘才能对当时社会现实保持清醒的认识，才敢于呼号，敢于揭露，无所畏惧。因而他的生活也是自由闲适、无住无待的。虽然头戴花翎，却看不惯官场的钻营奔竞、尔虞我诈、争权夺利的污浊风气，因而穷困了一生，寂寞了一生。天启五年（1625年），人称“槎城之魁”的李焘终于走完了他的一生，享年82岁。

尽管天近黄昏，再加上市声嘈杂，依然无法掩盖对李焘故居的兴趣。只觉得很大，厅、堂、室错落有致，雕梁画栋；那巨大的柱础和断裂的石阶，使人想起当初屋宇的富丽崇宏。门是一重接着一重的，所有的房间都有古旧的家具和器皿，就像老人们历经沧桑的眼睛一样沉静而又略含冷淡地望着一切。屋子没有大窗户，那栗色的窗子又一律是木格的，木格很细碎，仿如横在窗上的一把把剪刀，把进屋的阳光给凭窗剪得零落而黯淡，所以几乎很难看到一间宽敞明亮的屋子。只是周围长着一些高矮参差、大小不一的树木，临风摇曳，楚楚生姿，令人蓦然兴起思古怀人之情，仿佛依稀可见李焘廊前树下负手行吟的情态。

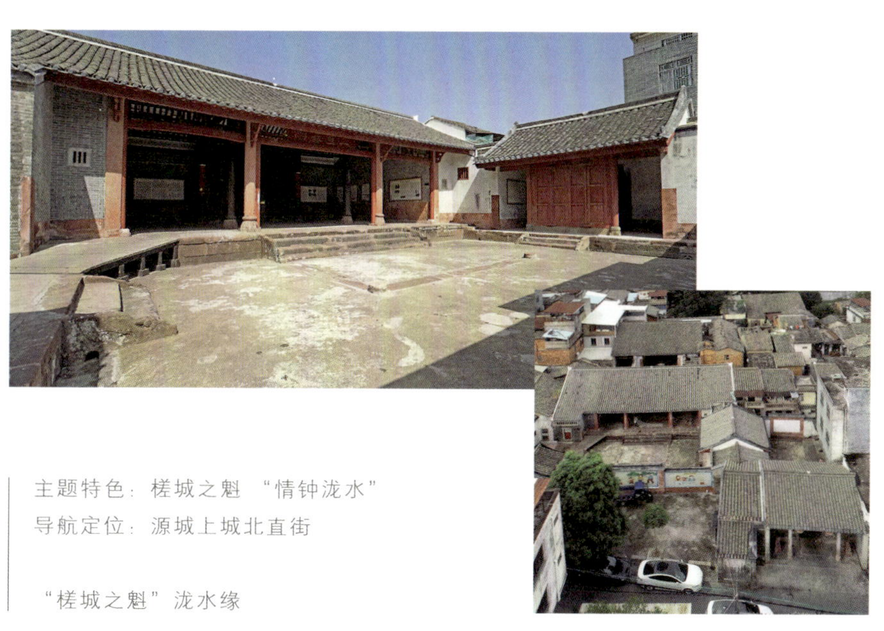

主题特色：槎城之魁 “情钟泷水”
导航定位：源城上城北直街

“槎城之魁”泷水缘

梧桐山上来凭吊

文 / 王雁峰

循着若隐若现的羊肠小径爬上梧桐山主峰，但见远处群山逶迤，雾霭升腾，烟岚氤氲；近处林间草地，山花野卉，姹紫嫣红开遍，引逗得蝶舞蜂鸣，把一个寂静的山陬，装点得霞拥锦簇，生机盎然，却不知道与南宋名臣邝愈平有着不可或缺的渊源。

邝愈平原名方谆，生于南宋建炎二年（1128 年），两岁随父襁褓南迁，长于广东南海，幼时好学，天资聪颖，年十五，受五经，通大义，经纶满腹，十九登科举人，二十考取进士；宋高宗绍兴二十七年（1157 年），膺任临安京城大尹；宋孝宗乾道四年（1168 年），因其长女被册立皇妃，赐地宣城，受封侯爵，御赐姓邝。

就是这位邝氏始祖，由于机敏过人，巧于应付，一生仕途基本上顺遂。从三十岁担任京城大尹算起，到辞朝南迁，服务南宋朝廷近六十年，历经高宗、孝宗、光宗、宁宗四朝，累升光禄大夫、刑部尚书、太子太保，官衔正一品，“勋业著中外”。史料记载：“其真才实学，处事勇敢果断。任京城大尹时，抚御贵戚，屏息强豪，化民导俗，修农增户，是以功德铨叙，不次擢迁，为朝内外所敬重。”

国家战乱频仍，内忧外患不断，邝愈平不得不面对种种难以克服的矛盾，跋前踬后，抑塞难舒。尽管老于世故、明于趋避，却肩负着沉重的责任感，“愈国疴，平天下”。北宋末期，金人累犯中原，攻占首府汴京（今开封），于靖康元年（1126 年），掳徽钦二帝北行，困于五国城（今黑龙江依兰市）。至此北宋结束，被迫迁都南京（今河南商丘），宋高宗赵构即位，建立南宋，后迁都临安（今杭州）。南宋之后，宋与金战战和和历时近百年。后因内乱，财政困难，加上被新兴的蒙古部落侵犯，金国力日衰。相反，北方之大蒙古国，迅猛兴起。1206 年，成吉思汗登位即元太祖，对周围小国大肆吞并，不少诸侯国闻风归顺。成吉思汗利用宋人对金国的仇恨心理，派使至宋，订“联宋伐金”之盟，许诺成功之后，以河南之地归宋，永不侵犯。宋宁宗允诺，遣将派帅，并献粮 30 万石，以联元伐金。

其时，九十高龄的邝愈平可谓高瞻远瞩。以当时的国力、兵力，南宋根本不具备出兵条件，实际上已经到了“泥菩萨过河——自身难保”的尴尬地步。而朝廷上下却头脑发热，竟要轻启边衅，引狼入室，不会分析形势，不懂得如何因应时变，判断敌友。当此之际，金国已是强弩之末，而元人正处于“百胜”之势，早有吞金蚀宋之志，与之订盟，不啻与虎谋皮，最后必然是开门揖盗，祸在不测。于是，邝愈平及次子邝一声冒死上奏“缓金伐元”疏，力谏宁宗皇帝改变旨意，缓和与金国的紧张关系，尽早谋划防元抗元伐元的措施。然宁宗冥顽不灵，根本听不进去，邝愈平愤而告老辞朝迁南雄，半载后再迁河源。

“山围故国周遭在，潮打空城寂寞回。”唐人的诗句如此契合邝愈平的心境。刚迁居河源的那些日子，老人不时伫立在东江和新丰江交汇处，听着潮声拍打城根，没有回应，潮水冲上堤岸后复又无声地退回，只有冷寒的月色照着，令人有无边的伤感和寂静。这种寂静，涵括的世事沧桑与改朝换代的种种悲凉，真是无法言表了。忽忽几十年过去了，罡风吹白了鬓发，槎江水涤荡着尘襟。“绝顶楼台人倦后，满堂袍笏戏阑时”，旧梦如烟，岂堪回首；风光不再，漏尽灯残。1217 年，邝愈平含闷而薨，御赐葬于梧桐山。

梧桐山耸立东江河岸，因清人陈张翼诗作《梧峰夕照》而成为河源老八景之一饮誉驰久。“雨后翠如滴，尖峰穿破云。崔巍瞰落日，窈窕引斜曛。漫道凌秋月，应知集凤群。梧桐凋不得，长映五霞纹。”近年被辟为公园，深受市民喜爱，呼朋唤友，晨练六腑，扶老携幼，登高遣兴，但大都不知道这喧嚣之中栖息着一位南宋高官。

主题特色：昔时侯爵冢　今日趋闲地
导航定位：源城区东环路

梧桐山上来凭吊

誉传岭表阮啸仙

文 / 王雁峰

又是清明时节，鳄湖畔的革命烈士陵园内，一片蓊郁的苍松翠柏静静地伫立，杂花和青草显示着季节的年轻。下雨了，如烟似雾，编织出一抹更加肃穆、幽寂的氛围。我轻轻地踏上白色的花岗岩石阶，去瞻谒一个伟大的灵魂——被授予“100位为新中国成立做出突出贡献的英雄模范人物”阮啸仙。

阮啸仙是中国共产党早期的党员之一，广东青年运动的先驱，大革命时期著名的农民运动领袖，先后担任过中共广东省委农委书记、中共河北省委代理书记等职，后来调中共中央机关工作，被任命为中央审计委员会主任。中央红军长征后，任中共赣南省委书记兼赣南军区政治委员，在指挥突围的战斗中不幸壮烈牺牲。陈毅写下了《哭阮啸仙、贺昌同志》：“环顾同志中，阮贺足称贤。阮誉传岭表，贺名播幽燕。审计呕心血，主政见威严。哀哉同突围，独我得生全。”

阮啸仙故居已经去过多次了，从第一次看到那个黑旧的房舍，我就想写篇文章，但是几个年头过去了，还是没有写出。阮啸仙的一生波澜壮阔气势磅礴，无从写起但又放不下笔。他牺牲时才37岁，可人们已经纪念他60年了，而且还会永远纪念下去。故居属三进院落式客家民居建筑，陈列着阮啸仙生前参加革命活动和早期生活的一些史料，并保存其生前用过的部分物品。

我在故居前一次次地徘徊，想象着当年门前的东江，以及江畔蒿草映身的渡口。阮啸仙就是从这里出发，去县城三江高等小学读书，后来考入省立甲种工业学校；到广州参与国共合作，协助孙中山改组国民党；指导开展广东农民运动；到粤北仁化主政，领导武装割据；到苏俄参加党的“六大”，几次发言得到了党的高层领导人的高度重视；到江西苏区出任中共历史上首位审计长，成为人民审计制度的奠基者……

他生命短促，行色匆匆。他出门登船之时一定想到“野渡无人舟自横”，想到“留恋处，兰舟催发”。那是一种多么悠闲的生活，多么美的诗句，是一个多么宁静的港湾。然而，一位真正沐浴着理想光辉的跋涉者，对苦难有超乎常人的感受和敏锐的感触，且必须承担着人类命运的苦难，这种使命担当在心中弥散开来，有如潮水般涌动。在那个时代的天幕上，阮啸仙无疑是一颗曾经使黑夜惊惧的星辰。

雨还在下，清冷冷的天气，清冷冷的细雨，天地间一派扑朔迷离。只有东江水哗啦哗啦地流，那是水的语言，是大地的语言。

主题特色：审计奠基　誉传岭表
导航定位：源城区湖滨路

誉传岭表阮啸仙

烈火英雄罗焕荣

文 / 吴静波

埔前镇上村村罗氏宗祠常有游客前来拜谒，这些游客，除了参观独具客家风格的祠堂，多是为革命烈士罗焕荣而来。

罗焕荣，黄埔一期学员，年少即负传奇之名，屡经战火洗礼，最后牺牲于英年，是河源烈火英雄的代表人物。

1900 年，罗焕荣出生于上村村，他天生神力，自幼习武，在乡间颇负威名。然其亦喜读书，是一名智勇双全的人物。五四运动之后，罗焕荣开始接受进步思潮，追求革命理想。

为了尽早投身革命，1924 年，新婚仅 3 天，罗焕荣便告别妻子，到广州报考黄埔军校，并成为黄埔一期学员。此后，他参加镇压广州商团叛乱、投身虎门革命活动、二度参加国民革命军东征军，战惠阳、战揭阳，为统一广东革命根据地贡献了力量。

只是，在攻打惠州的过程中，罗焕荣中弹负伤，于是转入黄埔军校任军事教官。在此期间，他曾兼任广州农民运动讲习所和省港大罢工工人纠察队军事教官。

罗焕荣在东征期间的英勇表现赢得了蒋介石的认可，当然，作为“伯乐”的蒋介石恐怕也没有想到过，当其正准备提携罗焕荣，委任其为营长之时，却遭到了“千里马”的无情拒绝。罗焕荣选择接受共产党的派遣，到惠阳县平山区（现属惠东县）农民联防办事处当军事教官。对此，罗焕荣曾豪迈戏言：“一个营长能带多少兵，惠阳的农民军有三千人之多，比当营长阔气多了。”

在平山，罗焕荣果然建立了数千人的武装队伍，并组织领导了两次武装起义，其中第一次起义，他率领400人包围平山圩，虽有效牵制了当局兵力，保证了海陆丰第一次武装起义的成功，终因内应失误，功亏一篑。第二次平山起义，他沉着应战，亦因寡不敌众不断败退，又遇土匪袭击，终于被俘入狱。

在狱中，罗焕荣面临威逼利诱依旧巧妙周旋，只见他将计就计，利用暗号，转移了农民自卫军的枪支。见其软硬不吃，敌人便秘密将其杀害。

罗焕荣，享年27岁。尽管如此，但他却留下了不应被遗忘的功绩和可贵的精神财富，谱写了河源勇士爱国爱民、敢战能战的壮丽之歌，是为永生！

为了纪念罗焕荣，平山镇人民政府修建了一座罗焕荣烈士纪念碑，碑上刻有其战友诗：“领导农民猛着先，燎原星火忆当年，杀身当作寻常事，留与平山万古传。”

而在家乡上村村，罗氏祖祠上，悬挂着他的画像，那是其在黄埔时期的留影，精气神俱佳，存浩然正气，怀铁血军魂，这就是河源人的气质。

上村村不仅修缮罗焕荣故居，还建有红色文化长廊，全力打造广东红色村。如果你想了解河源山清水秀之外的另一面，请到上村村走走，到罗氏祠堂、罗焕荣故居等地看看，这里定能让你心潮澎湃、豪情陡生。

主题特色：革命英雄　薪火相传
导航定位：源城区埔前镇

烈火英雄罗焕荣

“招兵”仪式总狂欢

文 / 王雁峰

几位满头银发的老者就在村小学的操场上即兴表演起“招兵”仪式的内容来，娴熟的动作和庄重的神情，总令人怀想起一个肃穆而狂欢的节日。

“招兵”仪式是畲族历史上盛大的图腾崇拜的准宗教活动，其内容可分为祭祀和祈祷，缅怀过去，祈求现在，希冀未来。在举行“招兵”仪式前，首先在祖祠的厅内搭神坛一座，神龛上悬挂《祖图》，两侧竖狗牙五色旗，表示驸马王坐帐号令。列祖列宗的牌位按辈分序列，置于神龛下的横桌上。厅内四壁另挂各类神像及幛幅、祷文。宗祠大门前立一高台，高台上置木斗做的香炉，内盛满大米，上插青、白、赤、黑、黄五色飒代表五营兵马；中营，黄色旗帜，上书“三秦兵”；东营，青色旗帜，上书“九夷兵”；西营，黑色旗帜，上书“六戎兵”；南营，赤色旗帜，上书“八弯兵”；北营，白色旗帜，上书“五狄兵”。香炉前另放三牲酒肉、五色米饭、香烛、碟杯。

全村（或联村）男女老少倾寨出动，拥簇于祠堂内外。主祭者朝大门外跪拜，跪拜时掷杯筊。驸马王莅临，顿时鼓笙喧天，铳炮齐鸣；全体在场村民摇旗呐喊，手舞足蹈，提兴助威，整个山村霎时被虔诚、肃穆而又热烈的氛围所笼罩。

祭祀毕，主祭者站在高台上，再次朝地掷下杯筊，遥请五营兵马及各路神灵。如出现胜签，表示兵马已降临，其时力壮身强的汉子个个头扎蓝色头巾，身穿黄色大褂，腰束红布条，手持长矛、刀枪等十八般兵器恭候两旁，听候调遣。主祭者站在台上叩天遥拜，逐个点名。受令壮士跪下、站起，取下高台上的营旗及香火一撮，驰奔入祠，交令旗并伫立神坛两旁。每请一回一营兵马或一位祠神，都要敲鼓吹笙一阵，接令下跪时，全场男性也都要陪拜。各路兵马授旗后，擎旗及手持兵器的壮士浩浩荡荡按五个方向分头出发，群众抬着火龙尾随其后，火龙用草、竹扎成，草龙全身遍插点燃的香火。火龙队伍奏“八音”相伴，边行边燃放鞭炮，向田边、井旁、房宅、庭园、池塘巡游，每到一家，主人敞开正厅大门，献上供品、礼包，恭请火龙队入屋。火龙在屋内四处舞动，壮士们挥刀弄棍，朝天鸣铳……一幅驱邪赶魔趋吉福，祈求风调雨顺、五谷丰登、六畜兴旺、人丁平安古意翩然的风俗画跃然眼前，别具一番情趣。

九连山区峰高路险，历史上曾是畲族世居的生息地，后因战乱，尤其是明正德十三年（1518 年）前后，王阳明镇压粤赣边陲畲族起义，使畲民惨遭杀戮，幸存者大多被同化，少部分或漂泊流徙，或隐族埋姓，退居深山崇岭之中，这种漫长深居简出的山林生活成了传统文化得以延续的适宜土地，“招兵”习俗仍能存留在畲族民间生活的舞台上，盖因于此吧。

畲族长期居住山区，处于统治集团的压迫和其他民族杂居的夹缝中，为求生存、求发展，不得不把自己的命运与皇权为中心的思想紧紧地联系起来，崇拜盘瓠之祖之功，感激皇恩浩荡的观念十分浓厚，表示“累朝护国”的忠心，守住“开山公据”，享受“永免徭役”的优待，过着居山安贫的山地生活。在漫长的岁月中，创造了一域风姿独异的民俗文化，现今尽管部分已趋消亡，但其民族精神、创造意识、文化特征等仍然活跃于人们的心中。

先人的足迹早已湮没在岁月的深处，只有那铿锵的锣鼓声、鼎沸的喧闹声还回荡天地间，昭示着一个民族敢于创造又敢于扬弃的顽强生命力。

主题特色：民族风骨　浩气永存
导航定位：东源县漳溪畲族乡

“招兵”仪式总狂欢

杨家小院锁春秋

文 / 吴静波

远离城市的喧嚣，洗去周身的疲惫，入住杨家小院，是相当惬意的体验。

小院并不知名，车入陂角村，蜿蜒几条道，即到门口。或许因为此前并未抱有太大的期望，陡入小院，反而有了天宽地阔、清新净朗的惊艳感。

小院是河源首家徽派建筑民宿，在近年相继面世的诸多民宿中，是独一无二的存在。小院所在源城区陂角村，是全市目前仅有的全国乡村旅游重点村，小院在村中，静静屹立，绽放着别样的风采。

小院，原本无意作为景点招揽世人，正因如此，其主人并未通过各种方式宣传小院，以致如此典雅的所在，竟鲜为人知，我问过几个民宿爱好者，提起小院，均摇头作答，更别说其他游人了。

小院最初的定位，是民居，是炊烟缭绕的日常生活，是儿孙绕膝的天伦之乐，是呼朋唤友的居家之所，是伴杂着乡音、蝉鸣、犬吠、墨香和花香的清幽之地。

早在2008年，小院主人杨衍明为了积极尽孝，让日渐年迈的父母过上舒适的生活，便萌生了在老家建造房子的想法。最初，他想过建造传统的乡村别墅，也想过设计具有客家风情的围龙屋。但思前想后，当安家的念头与一度沉寂的梦想、愈发浓烈的情怀反复碰撞，他终究还是选择了内心深处最为挚爱的徽派建筑。

徽派建筑，对衍明而言，是骨子里的深爱，家族数代人的冥冥之中的遥望，是潜藏于心又浑然不知的情愫，而当他忽而冒进脑海，就注定要反复盘旋，挥之不去。

衍明自幼生长于村庄，祖上皆为木匠，是为木匠世家。到了衍明爷爷那一代，家传技艺更见精纯，在那交通极为不便的年代，衍明爷爷便因家具设计、雕刻方面的才华名扬方圆数十公里，常有邻镇乡亲慕名前来。

对待这门家传手艺，爷爷是虔诚的，对他而言，设计与雕刻不仅仅是一项谋生的技能，还是一门艺术，一种精神，绝对潦草不得。所以，他拥有独立的工作室，斧头、锯子、刻刀等工具干干净净，一尘不染。动工之前会静静构思，完工之后则默默品鉴。

闲来无事，少年衍明喜欢蹲在爷爷旁边，品其精巧构思，看其精雕细琢，久而久之，衍明不仅对木制家具、饰品感到亲切，自然而然地，对一切古色古香、精致典雅的物品有了浓厚的兴趣，进而深深着迷于曲径通幽的园林、雅致古朴的亭院、造型对称的屋舍，如此，恋上代表传统建筑文化精髓的徽派建筑，那是再自然不过的事情了。

及长，衍明闯荡深圳，经过一番拼搏，在服装设计、酒店管理、地产开发等领域取得成功。事业有成，自然难免云游四海。一次，衍明来到黄山。原本只为一睹“黄山归来不看岳”的奇景，不想，更加打动衍明的，恰恰是坐落于周围乡镇、村落的徽派建筑。

一生痴绝处，无梦到徽州。从此，安徽的黄山、绩溪，江西的婺源，浙江的严州，江苏的宜兴……但凡徽派建筑绝世独立的地方，都成了衍明的另一个家。

这些院落，暖得像春，美得像画，透着延绵不绝的传统韵味。衍明立志，要把粉墙黛瓦的明丽、漫卷诗书的神韵、无声中踢踏奔驰的墙上马头，复制到家乡河源。

最初，这样的念头只是一闪而过，但随着一次又一次的飞天而来，一次又一次地不舍而归，这种眷恋终于付诸行动。杨家小院，遂成陂角奇观，也成了河源民宿中的代表之作。

秉承着祖辈的工匠精神，为了更好地建造小院，他往返黄山数十趟，实地调研。并在当地采购木架构，同时针对河源气候，做好相关防潮防蛀措施。为确保建筑的风格、品质保有地道的徽派园林韵味，连施工师傅，也从当地寻找。

经过几年的努力，杨家小院首期建成。

“粉墙黛瓦，楼阁俨然，亭台俏立，花木掩映。厅堂古雅朗阔，置身其中有清风霁月之感！当夜幕垂重之时，大厅正上方高高的透明天井映透出满天繁星，檐下灯笼散发无言暖芒，木雕窗格透出斑驳光线。”

这样的古朴与自然，这样的悠然与闲适，能一涤现代人内心的喧嚣与浮躁，进而对传统的文化和生命的本质有了更深的体验与理解。而私家泳池、田园手作、自酿美酒、自种果蔬、自养鸡鸭、自种茶叶、特色客家菜等现代化旅宿刚需和客家特色产品，同样应有尽有。

美中不足的是，因走精品路线，虽室外、厅堂皆宽阔，小院一期却只有 7 间房，较难满足旅客需求。所幸，市、区政府在了解小院的别致之后，均希望小院能够打造成河源民宿中的标杆。政策支持加上主人的情怀，那二期三期的规划也就应运而生了。目前，二期规划建设 20 多栋房子，均为一院两厅精致别墅。三期则主要用于开发传统文化艺术项目，建园林、置盆景、挂字画、拨琴音、品茶艺、育新人。相信一座集住宿、休闲、文化传播于一体的小院，必将熠熠于河源民宿群。

来吧，品味河源独一无二的民宿，倾听一个布满几代人情怀的建筑故事。

杨家小院一隅

主题特色：山墙霁月　梦垂江淮
导航定位：源城区陂角村

杨家小院锁春秋

后 记

槎城山清水秀，风光旖旎，具有得天独厚的生态环境。槎城的绿色文化是共建共享和美河源的天然优势。良好的生态环境滋养了勤劳俊美的客家人，在旅游产业勃发的今日，槎城也孕育着巨大的商机。“槎城客家文库”系列之《醉美槎城》主要用富于情感的美文书写槎城的自然景观，将槎城优美的自然风光诉诸笔端，注重挖掘各个景点的文化内涵，旨在成为宣传河源的一张“名片”，成为外界了解河源、醉心河源的“宝典”。

因见识和能力所限，本书定有不少瑕疵乃至错漏，恳请各位方家批评指正。

编者

2019 年 12 月